Lili B
Brown

Découvre tout plein
d'activités amusantes
à la fin du livre!

Table des matières

Tout un anniversaire!

Texte : Sally Rippin
Illustrations : Aki Fukuoka
Traduction : Geneviève Rouleau

Chapitre un

Lili B Brown a dix
invitations, deux paquets
de ballons et une boîte de
crayons de couleur.
Sais-tu ce que signifie le « B »
dans « Lili B Brown » ?

Bon anniversaire!

Bientôt, ce sera l'anniversaire de Lili B Brown.

C'est excitant, n'est-ce pas? Lili a la permission d'inviter dix amis à sa fête. C'est très difficile pour elle. Il y a vingt et un camarades dans sa classe.

Dix invitations

Une boîte de
crayons de couleur

Deux paquets
de ballons

Lili veut inviter tout
le monde, mais sa maman
et son papa ont dit non,
non et NON.
Dix enfants bruyants,
c'est bien assez!

Lili écrit les invitations.
Thomas l'aide à choisir
qui elle invitera à sa fête.
Thomas est le meilleur ami
de Lili. Il demeure dans
la maison voisine.

«Je sais! dit Lili,
en comptant sur ses doigts.
Il y a exactement dix filles
dans notre classe, à part moi.
Je vais seulement inviter
les filles.»

Thomas fronce les sourcils.
«Et moi?» demande-t-il.

«Oh! fait Lili. Bien sûr.»
Lili ne peut pas organiser
une fête sans Thomas!

«Bon, peut-être que
je n'inviterai pas Lola.
Elle peut être très fatigante,
dit Lili. Que dirais-tu de
neuf filles et un garçon?»

«Alors Lola sera la seule fille
qui n'est pas invitée,
répond Thomas. Elle ne sera
pas contente. Tu vas lui faire
de la peine. Et après, elle sera
très fâchée.»

«Tu as raison», reconnaît Lili.

«Peut-être que tu devrais inviter cinq filles et cinq garçons, propose Thomas. Ce serait plus juste.»

«Bonne idée!» dit Lili. Mais à bien y penser, Lili peut seulement inviter quatre garçons. Elle trouve les autres trop **bruyants** et trop bêtes.

Oh là là! Quel casse-tête!

Lili décide finalement
d'inviter quatre garçons
et six filles.

La maman de Lili écrit
la date et l'heure sur un bout
de papier, pour que Lili
les recopie sur les invitations.
Elle fait vite parce qu'il faut
nourrir Noah, le petit frère
de Lili.

Elle écrit :

Samedi, 4 avril, 12 h 30

Lili remplit les invitations
avec ses crayons de couleur.

Voici l'une des invitations
de Lili. La trouves-tu jolie ?

INVITATION

POUR: .....Sarah.....

Je t'invite à ma fête !

DATE: .....Samedi, 4 avril.....
HEURE: .....2 h 30.....

DE: .....Lili.....

Chapitre deux

Il ne reste que cinq dodos
avant l'anniversaire de Lili.

Elle est très **excitée**.

Chaque jour, à l'école,
elle s'assure que tout
le monde vient.

Elle chuchote parce
qu'elle ne veut pas que
les enfants qui ne sont pas
invités se sentent mis de côté.

«Viens-tu à ma fête, samedi
prochain?» murmure Lili
à Sarah, en classe.

«Oui! répond Sarah.
C'est la dixième fois que
tu me le demandes, Lili.»

«Vas-tu m'apporter
un cadeau?» insiste Lili.

«Lili, Sarah, on ne chuchote
pas en classe», dit Madame
Aurélie.

Mais Lili est tellement
excitée qu'elle peut
difficilement se tenir
tranquille.

«Mon Dieu, ajoute Madame
Aurélie. As-tu mangé
des fèves sauteuses
pour déjeuner, Lili?»

Madame Aurélie fait asseoir
Lili en avant, parce qu'elle est
trop agitée.

Tous les après-midi,
Lili et Thomas planifient
les jeux pour la fête de Lili.

Lili a un petit calepin mauve
dans lequel elle note la liste
des jeux. Cette liste change
tous les jours.

Bientôt, la liste ressemble à ceci :

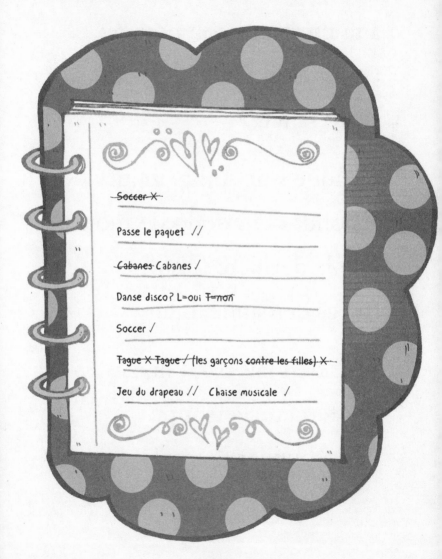

Soccer X

Passe le paquet //

Cabanes Cabanes /

Danse disco? L=oui T=non

Soccer /

Tague X Tague / (les garçons contre les filles) X

Jeu du drapeau //   Chaise musicale /

Chaque soir, Lili demande
à sa mère et à son père
combien il reste de dodos
avant sa fête.

Chaque soir, son père lui
répond : « Un dodo de moins
que la dernière fois où
tu l'as demandé, Lili. »

« Ne t'en fais pas, Lili,
dit sa mère. Personne
ne va oublier ta fête ! »

Mais Lili est immobile dans son lit et elle **s'inquiète**.
Et s'ils n'aiment pas les jeux ? pense-t-elle.

Et s'ils n'aiment pas la nourriture ? Et si les garçons ne veulent pas jouer avec les filles ? Ou, pire encore, et si... personne ne vient ?

Chapitre
trois

Enfin, c'est samedi. Lili entre
en courant dans la chambre
de ses parents pour voir
s'ils sont réveillés. La maman
de Lili est assise en train
de nourrir Noah.

Son papa est profondément
endormi. Lili saute sur le lit
pour qu'il se lève.

Le papa de Lili se frotte
les yeux et bâille.
Il se penche et prend
les cadeaux d'anniversaire
de Lili, cachés sous le lit.

«Bonne fête, Lili!»
lui lancent son père et
sa mère.

Lili ouvre ses cadeaux.
Elle a reçu beaucoup de
jolies choses. Elle se trouve
très chanceuse.

« Fais attention. Il ne faudrait
pas que Noah mange
le papier ! » dit sa mère en
riant.

Lili, Noah, maman et
papa se font un gros câlin
d'anniversaire, sur le lit.

Tout à coup, Lili s'assoit.

« Quelle heure est-il ?
demande-t-elle. Est-ce
bientôt l'heure de la fête que
j'ai organisée ? »

« Non, Lili, tu as encore
beaucoup de temps devant
toi, lui répond sa maman.
Tes amis ne seront pas ici
avant midi et demi. En plus, tu
as un déjeuner d'anniversaire
chez Thomas, tu te souviens ? »

« Midi et demi ! » lance Lili.

«C'est dans une éternité.
Est-ce que je peux rester
chez Thomas et jouer
avec lui après le déjeuner?»

«Bien sûr, répond la maman
de Lili. Ton papa et moi allons
nous lever bientôt et nous
préparer pour la petite fête.»

Lili enfile sa robe de chambre,
descend les marches en
vitesse et sort dans la cour
arrière.

Elle se glisse par le trou
de la clôture et se retrouve
dans le jardin, chez Thomas.

Thomas est assis à la table
de la cuisine. Lili cogne à
la porte.

«Entre! l'invite la maman
de Thomas. Bon anniversaire,
Lili! On te prépare
ton déjeuner préféré.
Des crêpes aux bananes!»

«Miam!» fait Lili.

La maman de
Thomas compose
pour Lili
une assiette
spéciale de crêpes
aux bananes, avec du miel
et des pépites de chocolat.

Thomas offre un cadeau
à Lili. C'est un jeu de Lego!
Exactement ce qu'elle
voulait!

Lili et Thomas s'assoient dans le salon et construisent une super fusée.

Soudain, Lili lève la tête. « Quelle heure est-il ? » demande-t-elle.

« Midi et quart », répond Thomas.

« Vite ! dit Lili. Nos amis vont arriver d'une minute à l'autre ! Il faut que je sois prête ! »

Lili et Thomas courent vers
la porte voisine, chez Lili,
qui monte à sa chambre et
met sa petite robe de fête
spéciale. Lili dévale
les escaliers et va dans
la cuisine.

« Juste à temps ! lui dit
sa mère, en souriant.
Tout est prêt pour ta petite
fête. Papa est en train
d'endormir Noah.

Allez vous asseoir dans
les marches pour attendre
les amis.»

«Youpi!» lancent Lili et
Thomas. Ils courent vers
la porte.

« Quelle heure est-il ? »
demande Lili.

Thomas regarde sa montre.
« Il est midi et demi,
répond-il. À partir de
maintenant, tout le monde
est officiellement en retard ! »

Lili rit nerveusement.
« Ne t'en fais pas, ils vont
arriver bientôt. J'ai vérifié
et tout le monde m'a dit
qu'il venait. »

Lili et Thomas attendent.
Ils attendent, attendent et
attendent encore.

Personne.

Chapitre quatre

« Quelle heure est-il
maintenant, Thomas ? »
demande Lili, d'une petite
voix. Thomas a l'air inquiet.
Il baisse la tête et regarde
sa montre. « Il est presque
une heure », dit-il.

Lili fronce les sourcils.
Ses amis ne peuvent pas
tous être en retard.

Elle a une drôle de sensation
dans son ventre. Sa lèvre
inférieure commence à
trembler et une grosse larme
coule sur
sa joue.

Personne ne vient à sa fête
d'anniversaire !

La maman de Lili arrive
à la porte d'entrée.
« Mon Dieu ! lance-t-elle,
ils sont vraiment en retard ! »

Lili éclate en sanglots.
« Ils ne viendront pas !
gémit-elle. Personne
ne sera là pour ma fête
d'anniversaire !
Personne ne m'aime ! »

La mère de Lili lui fait un câlin. «As-tu remis toutes les invitations?» demande-t-elle.

« Oui ! » répond Lili
en sanglotant.

« As-tu vérifié si tout
le monde pouvait venir ? »
poursuit sa maman.

« Oui ! Évidemment !
Tous les jours ! » dit Lili.

Lili pleure toutes les larmes
de son corps. C'est le pire
anniversaire de sa vie. Aucun
de ses camarades d'école
ne se présente à sa fête.

« Es-tu certaine d'avoir écrit
la bonne date et la bonne
heure sur l'invitation ?
demande encore la maman
de Lili. Samedi le 4 avril
à midi trente ? »

« Oui, oui et oui ! » dit Lili,
en pleurant encore plus fort.

Mais Thomas fronce
les sourcils. Il se rappelle
quelque chose.

Toi, t'en souviens-tu ?

Thomas court vers la porte voisine. Quelques minutes plus tard, il revient en courant vers Lili et sa maman. Il agite l'invitation et un large sourire illumine son visage.

Sais-tu pourquoi?

Jette un autre coup d'œil
à l'invitation.

C'est ça! Lili s'est trompée
en écrivant les invitations.
Au lieu de midi et demi,
elle a écrit deux heures et
demie!

Sa maman a écrit si vite que Lili n'a pas lu son écriture correctement.

Bien sûr que les amis vont venir ! Lili essuie ses larmes et rit très fort. Thomas et sa maman rient aussi.
Quelle confusion !

L'argent de poche

Texte : Sally Rippin

Illustrations : Aki Fukuoka

Traduction : Geneviève Rouleau

EH Héritage jeunesse

Chapitre un

Lili B Brown a trois poupées
à la longue chevelure,
un ours en peluche
et un petit poney mauve.
Sais-tu ce que signifie le « B »
dans « Lili B Brown »?

Bébés lapins.

Lili B Brown voudrait
vraiment, mais vraiment
avoir un bébé lapin jouet.
Les bébés lapins
ont une fourrure douce
et de grands yeux brillants.
Ils ont même leur propre
émission de télévision.

Un poney mauve

Un ours en peluche

Trois poupées
à la longue chevelure

Toutes les filles de la classe
ont un bébé lapin,
excepté Lili.

« S'il te plaît, s'il te plaît,
s'il te plaît, est-ce que
je peux avoir un bébé lapin ? »
demande Lili, à sa mère.

«Non, Lili, répond-elle.
Je t'ai déjà dit qu'il faut que
tu attendes jusqu'à Noël.»

«Mais c'est dans cent ans !
proteste Lili. Je ne peux pas
attendre jusque-là.»

«Pourquoi ne pas épargner
des sous et en acheter
un toi-même ? propose le père
de Lili. Tu as déjà un peu
d'argent dans ta tirelire.

Tu pourrais peut-être faire
quelques petits travaux
et en gagner plus?»

«D'accord! lance Lili.
Qu'est-ce que je peux faire?»

«Bien, tu pourrais faire le tri
de tes jouets, suggère
sa maman. Tu peux mettre
au recyclage ceux qui sont
brisés et donner ceux avec
lesquels tu ne joues plus.»

Lili fronce les sourcils.

«Ce n'est pas un travail!
Pas comme ramasser
les feuilles ou tondre
le gazon.»

«Tu es trop jeune
pour tondre le gazon»,
fait remarquer le père de Lili.

«Mais tu peux balayer l'entrée.
Les balais sont dans la remise,
dans la cour arrière.»

« Super ! » dit Lili. Elle sort
en courant par la porte arrière.

Lili voit quelqu'un qui
regarde par-dessus la clôture.
Tu sais bien de qui il s'agit,
n'est-ce pas ? Tu as raison.
C'est Thomas !

Thomas, le meilleur ami
de Lili. Il habite juste à côté.

«Hé, Lili!» lance Thomas.

«Veux-tu venir jouer
au cricket?»

«J'ai fabriqué un bâton
avec du vieux bois.
J'ai aussi dessiné les piquets
sur la clôture, à la craie.
Viens voir!»

Lili se met à rire. «Pas maintenant, Thomas, dit-elle, je dois balayer l'entrée.»

«Est-ce que je peux t'aider?» demande Thomas.

«Bien sûr, répond Lili. Merci!»

Lili et Thomas travaillent
fort pour enlever toutes
les feuilles de l'entrée. Thomas
tient le sac à ordures ouvert
et Lili met les feuilles dedans.

Lorsqu'ils ont fini, le papa
de Lili vient admirer
leur travail.

«Hé, c'est très bien!»
lance le père de Lili.
Il lui donne de la monnaie.

«Merci, papa!» dit Lili.

Elle et Thomas ont fait
du beau travail, aujourd'hui.
Thomas retourne chez lui.

Lili court jusqu'à sa chambre
pour mettre les sous
dans sa tirelire.
Elle est très **contente**.
Bientôt, elle aura assez
d'argent pour acheter
son propre bébé lapin.

Chapitre
deux

Le jour suivant, après l'école,
Lili demande à son père
s'il a une autre tâche
à lui confier.

La mère de Lili l'appelle
de la cuisine.

« Que dirais-tu de faire le tri
de tes jouets, aujourd'hui ? »

« Mamaaaaan ! »,
gémit Lili.

« Il faudrait laver la voiture,
dit le père de Lili.
Mais c'est beaucoup de travail.
Penses-tu pouvoir le faire ? »

« Bien sûr ! » répond Lili.
Elle court à l'extérieur.

Lili prend un seau
d'eau savonneuse
et un autre d'eau
propre.

Thomas est assis
dans les escaliers
de son entrée. « Hé, Lili,
lui crie-t-il. Veux-tu jouer
au cricket, aujourd'hui ? »

« Je ne peux pas, explique Lili.
Il faut que je lave la voiture. »

«Est-ce que je peux
t'aider?» demande Thomas.

«Bien sûr! dit Lili. Merci!»

Lili lave la voiture
avec une grosse éponge.
Thomas rince le savon à l'eau.
C'est un travail difficile,
mais Thomas et Lili
ont beaucoup de plaisir.

Plus la voiture devient propre, plus Lili et Thomas deviennent sales. Bientôt, l'auto brille de propreté. Lili et Thomas sont très **fatigués** et tout crottés. Il est temps de prendre un bon bain. Es-tu d'accord?

«Bon travail!» s'exclame
le papa de Lili. Il lui donne
encore des sous.

Après le bain, Lili se couche
sur son lit pour compter
son argent. Elle en a gagné
beaucoup aujourd'hui,
mais elle en a besoin de plus
pour acheter son bébé lapin.
Travailler, c'est très fatigant!
Lili doit trouver autre chose.

C'est à ce moment-là
que la maman de Lili frappe
à la porte. «Que dirais-tu
d'un verre de limonade?
demande-t-elle. Tu as
travaillé dur aujourd'hui.»

Cela donne une idée à Lili.
Une super bonne idée!
Est-ce que tu devines à quoi
elle pense?

«Merci!» dit Lili à sa mère.

Elle boit sa limonade
d'un coup.
«Maintenant,
il faut que je parle
à Thomas!»

Lili sort en courant
et se glisse dans le trou
de la clôture qui donne
sur le jardin de Thomas.

Thomas est assis à la table
de la cuisine avec sa mère.

« Thomas, dit Lili. J'ai
un plan qui va nous permettre
de gagner *tout plein* d'argent.»

Lili se tourne vers la mère
de Thomas. « Nous aurons
besoin de citrons, ajoute-t-elle.
De beaucoup de citrons !
Est-ce qu'on peut en prendre
dans votre citronnier ? »

« Bien sûr, répond la maman
de Thomas. Laisse-moi

deviner. Tu veux faire
de la limonade, c'est ça?»

«C'est ça!» affirme Lili.

«Un stand de limonade,
lance Thomas, en riant.
C'est une bonne idée.
Allons faire des affiches.»

Lili sourit. «Génial!»
Elle est **heureuse**.
Bientôt, elle aura assez
d'argent pour acheter
un bébé lapin.

Chapitre trois

Le jour suivant est
un samedi. Lili se lève tôt.
Elle et Thomas cueillent
tous les citrons mûrs
qui se trouvent dans l'arbre
du jardin. La maman de
Thomas les aide à mélanger

le jus de citron avec de l'eau
et du sucre. Bientôt,
ils ont trois grosses cruches
de délicieuse limonade.
Lili et Thomas installent
une petite table sur le trottoir,
devant chez eux. La maman
de Thomas sarcle le jardin
à l'avant de la maison.

Lili et Thomas vendent
des verres de limonade
aux passants.

Madame Élie, la vieille dame
qui demeure de l'autre côté
de la rue, en a acheté quatre.
Elle devait avoir bien soif!
Elle a même dit à Lili et à
Thomas de garder la monnaie.

Déjà, à l'heure du dîner,
il n'y a plus de limonade.
Lili et Thomas courent vers
la chambre de Lili. Ils ajoutent
l'argent gagné dans le stand
de limonade aux sous
que Lili a déjà, dans sa tirelire.

«J'ai besoin
d'un autre travail, dit Lili.
Après, j'aurai assez d'argent
pour acheter un bébé lapin.
Oh, j'ai tellement hâte!»

« Quoi ? s'étonne Thomas.
Je ne veux pas de bébé lapin,
moi ! Je *n'aime pas* les bébés
lapins. Ils sont stupides. »

« Pas du tout ! proteste Lili.
J'ai travaillé dur
toute la semaine pour
en acheter un. »

« Moi aussi, j'ai travaillé dur !
précise Thomas. La moitié
des sous devrait être à moi.

Et je ne veux pas d'un bébé
lapin. Je veux acheter
quelque chose qui *nous*
intéresse tous les deux.»

Lili fronce les sourcils.
Thomas ne comprend pas
qu'il lui faut absolument
un bébé lapin.

Toutes les filles ont un bébé lapin, sauf elle. Les bébés lapins sont ce qu'il y a de mieux!

«Bien, je ne t'ai jamais demandé de m'aider! réplique Lili, sur un ton bourru. N'est-ce pas?»

Thomas en a le souffle coupé. «Tu es méchante, Lili! lance-t-il.

Et je ne t'aiderai plus jamais
pour quoi que ce soit!»

Il sort de sa chambre
en claquant la porte.

Lili regarde sa tirelire.
C'est vrai qu'une petite
partie d'elle-même a été
méchante. Et cette partie
veut s'excuser. Mais alors,
elle devrait partager l'argent
avec Thomas et elle n'en

aurait plus assez pour acheter
son bébé lapin.

Lili ne sait pas quoi faire. C'est
à moment-là que la maman

de Lili passe la tête
dans l'embrasure de sa porte.

Elle tient Noah sur sa hanche.
« Où en es-tu avec
tes économies, ma chérie ? »

« J'y suis presque, répond
doucement Lili. J'ai seulement
besoin de faire un autre travail. »

« Tu pourrais trier tes jouets ! »
La maman de Lili se met

à rire. Puis, elle s'éloigne pour changer la couche de Noah.

Lili soupire. Elle sort son panier de jouets de l'armoire. Elle empile les jouets brisés d'un côté et fait une autre pile avec les jouets de bébé. Ça semble prendre une éternité. Lili aimerait que Thomas soit là pour l'aider. Tout est plus drôle avec lui.

Chapitre quatre

Ce soir-là, Lili est bordée
par sa mère. «Merci d'avoir
fait le tri de tes jouets, Lili,
dit-elle. Que dirais-tu
d'aller acheter ton nouveau
jouet demain?»

«Merci, maman», répond Lili. Mais, d'une manière ou d'une autre, elle n'est pas aussi **heureuse** qu'elle l'espérait.

Le lendemain matin, Lili et sa mère se rendent en voiture au centre commercial. La maman met

Noah dans la poussette et elles s'avancent vers le centre commercial achalandé.

«As-tu apporté ton argent, Lili?» demande sa mère.

Lili acquiesce de la tête. Elles entrent dans un magasin de jouets aussi gros qu'un supermarché. À la vue de toutes ces choses, Lili sent une nouvelle fois son cœur battre d'**excitation**.

Lili et sa maman font
le tour des allées, jusqu'à
ce qu'elles trouvent les bébés
lapins. Il y en a un tacheté
et un autre rose pâle.
Certains ont des yeux
brillants. Il y en a même
un qui est habillé
en princesse.

Ils sont tellement beaux.
Lili est incapable de choisir
celui qu'elle achètera.

« Dépêche-toi, ma puce,
murmure sa mère,
Noah commence à être agité.
As-tu choisi ? »

Mais plus Lili regarde
les bébés lapins, plus il lui est
difficile de se décider.

Elle ne peut s'empêcher
de penser à Thomas.
Elle se souvient qu'il a
travaillé très fort pour l'aider.
Soudain, Lili décide
de ne pas acheter de bébé
lapin. Pas si Thomas
n'en veut pas.

Puis, Lili a une idée.

Une super bonne idée.

Elle sait exactement de quelle
manière elle va
dépenser son argent
de poche. Sais-tu
à quoi elle pense?

Lili se tourne vers sa mère.

«Euh, finalement,
je crois que je vais acheter
autre chose», dit-elle.

«Vraiment? s'étonne sa mère.
Je pensais que tu en voulais
un absolument.»

«Non, dit Lili, en haussant
les épaules. Je peux attendre
jusqu'à Noël.»

Lili trouve enfin
ce qu'elle veut et l'achète.
Elle tient la boîte
pendant tout le trajet
du retour à la maison.

Elle est vraiment impatiente de voir le visage que fera Thomas quand elle lui montrera le jeu de cricket qu'elle leur a acheté !

Lili B Brown

Deux amies pour la vie

Texte : Sally Rippin

Illustrations : Aki Fukuoka

Traduction : Geneviève Rouleau

Chapitre un

Lili B Brown a deux casse-tête terminés, trois livres à moitié lus et un château en Lego tout défait. Sais-tu ce que signifie le « B » dans « Lili B Brown »?

Bâillement.

Lili B Brown s'ennuie…

Habituellement, quand Lili
s'ennuie, elle peut aller jouer
avec son meilleur ami,
Thomas. Mais il est parti
pour toute la fin de semaine
et Lili n'a personne
avec qui jouer.

Trois livres
à moitié lus

Deux
casse-tête
finis

Un château
en Lego tout
défait

Lili ne peut même pas jouer
avec son petit frère Noah
parce qu'il est en train
de faire sa sieste. De toute
façon, il est trop petit
pour jouer comme il faut.
Il peut seulement mélanger
les jeux ou essayer de
manger ses Lego. Il peut être
tellement **assommant** !

Soudain, Lili a une idée.
Une super bonne idée.

Elle sait *exactement* de quoi
elle a besoin. Un poney !

Si Lili avait son propre
poney, elle ne s'ennuierait
plus jamais.

Elle descend en courant
pour en parler à son père.

Il est en train de faire
du pain dans la cuisine.
Il fait chaud et ça sent bon.

«Hé, papa!» lance Lili.

«J'ai trouvé ce qu'il me faut !
Un poney ! Si j'avais
un poney, je ne m'ennuierais
plus jamais.»

«Si j'avais un poney,
je le brosserais, je le
nourrirais et je le monterais
tous les jours.»

Le papa de Lili sourit. «Lili,
où garderions-nous
ton poney? Un poney
a besoin de beaucoup
d'espace et de nourriture.
Pourquoi pas une grenouille
à la place? J'en avais une,
quand j'étais petit. On peut

vraiment s'amuser
avec une grenouille.»

Lili fronce les sourcils.
«Une grenouille ? dit-elle.
On ne peut pas flatter
une grenouille. C'est un très
mauvais animal domestique.»

Elle fonce à l'étage
pour trouver sa mère.

Chapitre deux

La mère de Lili fait
une sieste avec Noah.
Lili sait qu'elle n'est pas
censée déranger sa mère,
sauf s'il s'agit de quelque
chose de très important.

Mais il s'agit de quelque
chose de très important.
Elle entre dans la chambre
sur la pointe des pieds.

«Maman! chuchote-t-elle
à son oreille. Devine quoi!»

La maman de Lili ouvre
un œil. «Lili, dit-elle.
Ça ne peut pas attendre?»
«C'est très important»,
répond Lili, sérieusement.

La mère de Lili soupire.
Elle se retourne en faisant
très attention de ne pas
réveiller Noah. Elle donne

ensuite une petite tape
sur le lit pour inviter Lili
à s'étendre à côté d'elle.

Lili se blottit contre sa mère.
Elle est toute chaude
et elle sent le lait et les fleurs.

«Que se passe-t-il, ma chouette?» demande maman.

«Je m'ennuie, répond Lili. J'ai besoin d'un animal domestique pour jouer avec lui. Je voudrais un poney, mais papa a dit non.»

La maman de Lili sourit. «Et Noah?» dit sa mère, en pointant le petit frère de Lili. Il dort, enroulé à côté de

sa maman, en **respirant**
bien fort, comme un petit
porcelet. «Il est un peu comme
un animal de compagnie.»

«Maman! lance Lili,
mécontente. Arrête de dire
des bêtises. Je suis sérieuse!»

«Je suis désolée, Lili»
répond-elle. Son visage
devient sérieux. «Papa
a raison. Un poney est

beaucoup trop gros. Que penses-tu d'un perroquet domestique ? J'en avais un quand j'étais petite. Je lui ai appris à dire bonjour. Un cacatoès est un excellent animal de compagnie.»

Lili prend un air renfrogné. «Mais on ne peut pas cajoler

un perroquet! Pourquoi pas
un chiot? Oh, maman,
donne-moi la permission
d'avoir un beau petit chien.
S'il te plaît?»

«Un chiot demande
beaucoup de soins»,
répond sa mère. «Je peux
en prendre soin, insiste Lili.
Je vais le nourrir et le faire
marcher et jouer avec lui
tous les jours.»

«Désolée, Lili, réplique sa maman. Nous sommes bien trop occupés à prendre soin de Noah pour avoir un chiot. Peut-être quand il sera plus grand.»

Lili est très **contrariée**. «Ce n'est pas juste!» dit-elle en haussant la voix.

Noah se réveille
et se met à pleurer.

«Oh Lili! réplique sa mère.
Et tu viens de réveiller Noah.»

Lili serre les poings et sort
brusquement de
la chambre. Elle est très
fâchée. Tout est de la faute
de Noah. Si Noah n'était
pas là, Lili est certaine que
ses parents lui offriraient
un poney *et* un petit chien.

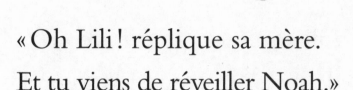

Mais Lili est triste d'avoir
réveillé Noah.

Lili aime son petit frère
de tout son cœur. Elle prend
une marionnette
qu'elle enfile sur sa main.

«Coucou, Noah!» fait Lili,
en montrant la marionnette
alors qu'elle se cache
derrière la porte.

Noah rit en poussant
des petits **cris**.

Lili et sa maman se mettent
à rire, à leur tour.

Chapitre trois

Pendant l'après-midi, Lili
et sa mère vont au centre
commercial. Lili l'aide à
placer Noah dans la poussette.

Il gigote, mais Lili parvient
à attacher fermement

la ceinture. **Clic! Clac!**
Lili et sa mère se promènent
dans le centre commercial
et font du lèche-vitrines.

«Oh regarde, lance Lili,
une animalerie! Est-ce
qu'on peut juste jeter
un coup d'œil? S'il te plaît?»

«D'accord, Lili, répond
sa maman, mais rapidement.
Nous avons encore

beaucoup de courses à faire.
Et ce sera bientôt l'heure
de nourrir Noah.»

L'animalerie sent le foin.
Tout autour de Lili,
des animaux **sifflent**

et **ronronnent**
et **piaillent**. Lili voit

des chatons faire des culbutes,

des chiots rouler sur le dos et

de minuscules petites souris.

Tous ces animaux sont

tellement adorables.

Lili aimerait les emmener

tous chez elle.

Puis, au fond du magasin,

elle aperçoit une cage isolée.

Au premier coup d'œil, Lili

pense qu'elle est vide.
Mais, en s'approchant,
elle voit une petite boule
de fourrure rousse.

«Allô!» murmure
doucement Lili. Un petit
museau rose émerge
de la fourrure.

Puis, deux yeux noirs luisants.
Puis deux griffes roses.
As-tu deviné ce que c'est?

Un petit cochon d'Inde !
Et Lili n'en a jamais vu
de plus mignon.

« Maman ! crie Lili. Viens
voir le petit cochon d'Inde.
Il est à croquer ! »

La mère de Lili s'approche, accompagnée du vendeur.

«C'est la dernière, explique-t-il. C'est un cochon d'Inde femelle bien spécial.

Je pense qu'elle attendait une jeune fille très spéciale.»

Il fait un clin d'œil à Lili, qui regarde ensuite sa mère.

«Oh, s'il te plaît, est-ce qu'on peut l'avoir, maman? supplie-t-elle. Je promets

que j'en prendrai soin et que
je la nourrirai chaque jour.»

«Bien...», la maman de Lili
hésite.

«S'il te plaît?» insiste Lili.
Juste à ce moment-là, Noah
se met à pleurer. Il en a assez.

«Laisse-moi y penser, Lili,
répond sa mère. Viens,
le petit cochon d'Inde

sera toujours là quand nous aurons fini nos emplettes.»

Lili pousse un petit cri de **joie**. C'est *presque* un oui!

Tout l'après-midi, Lili aide sa mère et prend soin de Noah.

Elle s'en occupe pendant que sa maman essaie des chaussures. Elle essuie les morceaux de banane

sur ses mains et son visage.
Elle passe une couche
à sa mère parce que Noah
en a grandement besoin !

Tout le temps qu'elle aide
sa mère, Lili pense au cochon

d'Inde. Elle a décidé
de l'appeler Julie. Lili espère
de tout cœur que sa maman
dira oui !

« Merci, Lili », dit sa mère,
une fois les courses
terminées.

« Tu m'as donné un bon
coup de main aujourd'hui.
Je pense que tu pourrais
très bien t'occuper

d'un animal domestique.
Que dirais-tu si nous allions
chercher ce petit cochon
d'Inde, maintenant ? »

« Oh, merci ! » lance Lili.
Elle saute de **joie**.
Son propre
petit animal !
Lili ne peut
le croire. Elle
ne **s'ennuiera**
plus jamais !

Lili court dans l'animalerie.
Elle se rend directement là
où se trouve la cage
de Julie. Elle regarde bien
entre les barreaux.

La cage est vide !

Chapitre quatre

« Oh non, dit le vendeur.
Un monsieur est venu
juste après votre départ.
Il a expliqué qu'il voulait
un animal domestique pour
sa fille. Il pensait qu'un cochon
d'Inde serait parfait

pour elle. Je suis vraiment
désolé.»

Lili penche la tête.
Sa Julie est allée à une autre
petite fille ? Lili serre
les dents pour ne pas pleurer.

«Je suis désolée, Lili»,
dit sa mère, en la prenant
dans ses bras.«Veux-tu faire
le tour? Il y a peut-être
un autre animal qui te plairait.»

Mais Lili secoue **tristement**
la tête. Julie était le parfait
petit animal. Il n'y en aura
jamais un autre comme elle.

Sur le chemin du retour,
Lili s'assoit en silence dans

la voiture. Même le babillage
bruyant de Noah ne peut
la consoler.

«Je suis certaine qu'ils auront
d'autres cochons d'Inde,
au magasin», dit sa mère.

Lili hoche la tête, déçue.

Une fois rendue à la maison,
Lili transporte les paquets
dans la maison. Elle se laisse
tomber sur le sofa.
Un grosse larme glisse
sur sa joue.

Elle **renifle** et voit
la voiture de son père arriver
dans l'entrée.

«Hé, Lili, lance-t-il.
Peux-tu m'aider à rentrer
les choses que j'ai achetées?»

Lili se lève et sort
péniblement de chez elle.
Son papa est en train
de sortir une boîte de carton
du coffre de la voiture.
«Tiens!» dit-il.

«Veux-tu apporter ça
dans la maison?»

« Qu'est-ce que c'est ? »
demande Lili.

Son père sourit.

« Regarde à l'intérieur. »

Lili jette un coup d'œil
dans la boîte.

À première vue, elle pense
qu'elle est vide.
Puis, elle la voit. Une petite
boule de fourrure rousse.

As-tu deviné qui c'était?

«Julie!» crie Lili.

Elle prend doucement
le cochon d'Inde.
Julie se blottit contre

sa poitrine, comme si
elle se souvenait de Lili.

Lili B Brown

Le cadeau parfait

Texte : Sally Rippin
Illustrations : Aki Fukuoka
Traduction : Geneviève Rouleau

EH Héritage jeunesse

Chapitre un

Lili B Brown a un bol
à mélanger, une boîte
de raisins secs et une cuillère
collante dans la main.
Sais-tu ce que signifie le «B»
dans «Lili B Brown»?

Bonheur!

Le cœur de Lili B Brown

est rempli de bonheur.

Sais-tu pourquoi Lili

est si heureuse? Parce que

demain, c'est Noël!

Lili et Thomas préparent

des biscuits en pain d'épices.

Thomas est le meilleur ami

de Lili. Il habite la maison

voisine.

Un bol à mélanger

Une cuillère collante

Un paquet de raisins secs

145

«Celui-là est pour Mamie,
celui-ci est pour moi!»
déclare Lili. Elle met un
biscuit dans sa bouche.
Thomas éclate de rire.
«Celui-là est pour
mon oncle Pierre
et celui-ci est…».
Thomas est venu aider Lili
et son père à préparer
des biscuits de différentes
formes et dimensions.

Ces biscuits seront offerts comme cadeaux de Noël. Si Lili et Thomas arrêtent de les manger! Les deux amis sont tellement **excités** qu'ils agissent sans réfléchir et font de petites bêtises.

«Les enfants! dit le père de Lili. Vous glacez les biscuits ou vous les mangez?» Il sort une autre fournée de biscuits. «Les deux!» répond Lili, dans un fou rire. La maman de Lili entre dans la cuisine. Elle est allée faire des courses et revient avec deux grands sacs. «Maintenant, les enfants, dit-elle, papa et moi avons des choses à faire.

Allez jouer dehors.»

«Des cadeaux!» murmure

Lili à Thomas qui est en

train de lécher le glaçage

qu'il a sur son bras. Thomas

sourit. Lili prend sa main et

ils sortent par la porte de

derrière.

«Je sais ce que je vais
recevoir à Noël!» se vante
Lili, une fois dehors.

«Vraiment? Quoi?»
demande Thomas. «Je vais
te montrer», lance Lili,
avant de lui faire un sourire
espiègle. D'après toi,
qu'est-ce que Lili prépare?

Chapitre deux

Thomas suit Lili au fond
du jardin. Juste à côté
de la cage à poules se trouve
une petite remise. En
apercevant Lili et Thomas,
les poules se mettent
à **piailler** bruyamment.

« Chut ! fait Lili. Maman et
papa vont nous entendre ! »
Lili pousse la porte verte,
qui émet un **grincement**.
« As-tu la permission
de venir ici ? » demande
Thomas, l'air un peu inquiet.
« Bien… pas vraiment,
répond Lili. Mais ne t'en fais
pas. Maman et papa
ne le sauront pas. »

La remise est sombre et
poussiéreuse, et pleine de
toiles d'araignées. Mais,
dans un coin, luit quelque
chose de brillant. C'est
une bicyclette toute neuve.

«Wow! s'exclame Thomas.
C'est un beau vélo!» «Bien
sûr! lance Lili, toute fière.
J'ai tellement hâte de me
promener sur ma bicyclette!»
Thomas baisse la tête.

«J'aurais beaucoup aimé
avoir un vélo, moi aussi,
déplore Thomas.

Tu es tellement chanceuse.

Quand j'en ai demandé un
à maman et à papa, ils m'ont
répondu que ma vieille
bicyclette était encore
bonne.» Lili est déçue
pour Thomas. Il utilise
la même bicyclette depuis
qu'il a quatre ans.

Elle est devenue beaucoup trop petite pour lui.

«Tu pourrais peut-être emprunter la mienne? propose Lili. Ou prendre mon ancien vélo. Il est plus grand que le tien.» Thomas a l'air fâché. «Je ne veux pas de ton vélo. J'en veux un neuf. Ce n'est pas juste.»

«Oui, mais ce n'est pas de ma faute!» répond Lili.

«Bien, tu n'aurais pas dû te mettre à fouiner, dit Thomas, en rouspétant. C'est tricher!»

«Je gage que tu fouilles, toi aussi, parfois!» riposte Lili, en lui faisant de gros yeux.

«Non, jamais!» insiste Thomas.

Lili et Thomas se regardent, fâchés. Maintenant, ils sont tous les deux de mauvaise humeur.

« Je m'en vais chez moi ! »
lance Thomas. « Eh bien,
moi aussi alors ! » répond Lili.
Puis, ils sortent de la remise.
Thomas se glisse dans le trou
de la clôture.

Lili court vers la porte
de derrière. Elle est
tellement fâchée qu'elle
a oublié une chose très
importante. Sais-tu ce que
c'est ? Lili a oublié
de refermer la porte
de la remise.
Oh, oh !

Chapitre trois

Après le souper, Lili aide

son père à emballer

les biscuits dans un très joli

papier. Elle dessine des cartes

pour les cadeaux. Lili met

un biscuit de plus dans

le paquet de Thomas.

Elle regrette de s'être fâchée
avec lui. Elle est triste aussi
parce qu'elle va recevoir
un nouveau vélo et pas lui.
Lili pense à sa belle
bicyclette neuve.

Lili est vraiment contente.

Elle sort de table et se met

à faire une petite danse.

Elle improvise une chanson :

« C'est Noël, c'est Noël,

c'est Noooooooëëëëëëëllllllll

lalalère ! » Lili a l'impression

qu'elle va exploser

de bonheur ! Le papa de Lili

sourit. « Ouaip, encore

un dodo. »

Juste à ce moment-là,
la maman de Lili rentre
à la maison par la porte
de derrière. Elle fait un drôle
d'air. « Lili, tu n'es pas allée
dans la remise, n'est-ce pas ? »
« Hum, non ! répond Lili,
d'une petite
voix. Bien sûr
que non ! »

«Mmm…», fait le père
de Lili. Il regarde la maman
de Lili et fronce les sourcils.
«Eh bien, j'espère que non,
ajoute la mère de Lili, parce
que c'est là que les parents
de Thomas ont caché
son cadeau. Ce serait
vraiment dommage
s'il l'avait vu avant demain!»
«Le… le… cadeau de T…
Thomas?» demande Lili.

165

«Exact, répond son père.
Alors j'espère que vous
n'êtes pas allés fouiner dans
la remise, cet après-midi.
Cela gâcherait la surprise,
hein?» Lili baisse la tête.
Elle ne peut pas le croire.
La grosse boule de joie
qu'elle avait dans son cœur
éclate. «C'est maintenant
le temps d'aller au lit,
annonce la maman de Lili.

Nous allons monter
te border dans quelques
minutes.» Ce beau vélo
tout neuf. C'est pour
Thomas, pas pour elle !

Lili monte les escaliers en courant. Elle brosse ses dents et enfile son pyjama.

Elle s'installe dans son lit et attend ses parents. Elle essaie de toutes ses forces de ne pas pleurer. *Peut-être que j'aurai une bicyclette, moi aussi ?* se dit-elle. *Peut-être que maman et papa l'ont cachée ailleurs ?*

Ils savent que c'est ce que je veux. Je demande une nouvelle bicyclette depuis si longtemps !

Les parents de Lili montent

lui dire bonne nuit.

«As-tu hâte à demain?»

demande le père de Lili.

Elle fait oui de la tête.

Mais elle commence

à **s'inquiéter**.

Chapitre quatre

Le matin suivant, Lili est

la première debout.

Elle court dans la chambre

de ses parents et se met

à sauter sur leur lit.

«Maman, papa!» crie-t-elle.

«C'est Noël! Debout!
Debout!» Elle chante
sa belle chanson de Noël.
Lili dévale les escaliers
en courant. Tu vois tous
ces cadeaux, au pied
de l'arbre? Lili pousse
des petits **CRiS** de bonheur.
Puis, elle se souvient.
Lili fait le tour de l'arbre
de Noël.

Il y a beaucoup de cadeaux
qui portent son nom.

Elle en a un long, un carré
et même un rond, de forme
irrégulière. Mais aucun
présent n'est assez gros
pour être une bicyclette.

Elle soupire. Lili ouvre
tous ses cadeaux.

Elle a reçu beaucoup
de jolies choses toutes
nouvelles. Des livres,
des tubes de couleurs et
une nouvelle robe qu'elle
décide de porter tout
de suite. Mais pas de vélo.
«Merci maman, merci papa»,
dit Lili, d'une petite voix.
Elle leur fait un gros câlin.
«Attends!» dit le père
de Lili.

«Tu as un autre cadeau. Regarde!» Sous un bout de papier froissé, Lili trouve un tout petit paquet qui porte son nom.

Lili le prend et l'ouvre.

À l'intérieur se trouve

une petite carte sur laquelle

est écrit :

> Regarde dans
> le pot de fleurs, près
> de la porte de derrière.

Le pot de fleurs, près de

la porte de derrière ?

Quelle note étrange ! Lili

se dirige vers le pot de fleurs.

Elle regarde à l'intérieur.

Elle y trouve un autre mot.

C'est écrit :

Regarde
sous le pommier.

Lili sourit. C'est vraiment

un cadeau bizarre !

Lili court vers le pommier.

Elle y trouve une boîte

ronde, enveloppée avec

du papier de Noël.

Lili ouvre la boîte.

Un casque de vélo !

Maintenant, Lili est toute mêlée. Elle sort le casque de la boîte. Un autre message tombe. Lili déplie le papier et lit :

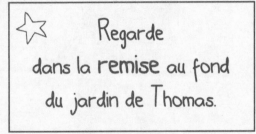

Regarde
dans la **remise** au fond
du jardin de Thomas.

Le cœur de Lili commence à battre très, très fort.

Elle sent un grand sourire
se dessiner sur son visage.
Son père lui fait un clin
d'œil et sa mère sourit.
Lili court vers l'ouverture
de la clôture et se glisse
dans la cour de Thomas.
Au même moment,
Thomas sort en courant
par la porte de derrière.

Il a un casque de vélo sur la tête et une petite note dans la main. «Devine quoi, Lili? crie Thomas, tout heureux. Mon cadeau est dans ta remise!»

«Devine quoi? dit Lili,
en riant. Mon cadeau est
dans ta remise!» Un grand
éclat de rire **jaillit** de
la bouche de Lili.

Elle traverse le jardin
de Thomas en courant et
rejoint la petite remise.

Lili ouvre la porte.

Tu sais ce qu'il y a à
l'intérieur, n'est-ce pas?

Une belle bicyclette toute neuve ! Un panier décoré de la lettre « L » est installé sur le devant. C'est le cadeau parfait.

Lili B Brown

La petite nouvelle

Texte : Sally Rippin
Illustrations : Aki Fukuoka
Traduction : Geneviève Rouleau

EH · Héritage jeunesse

Chapitre un

Lili B Brown a un joli
bandeau, deux chaussures
mauves et trois boutons
en forme d'étoile
sur son haut. Sais-tu ce que
signifie le « B » dans
« Lili B Brown » ?

Bienvenue !

Aujourd'hui, une petite
nouvelle arrive en classe.
Elle s'appelle Mika. Elle vient
du Japon. C'est très, très loin.

Madame Aurélie a demandé
à Lili d'accompagner Mika.
Lili a très hâte. Elle s'est
habillée spécialement
pour l'occasion. Trouves-tu
qu'elle est ravissante ?

Un joli bandeau

Trois boutons en forme d'étoile

Deux chaussures mauves

Lili et son meilleur ami, Thomas, marchent jusqu'à l'école avec la mère de Thomas. Ils sont **impatients** de rencontrer Mika.

«Je me demande comment elle est, pense Lili, tout haut. Madame Aurélie dit qu'elle a les cheveux noirs, comme moi!»

Lili et Thomas se rendent
jusqu'aux portes de l'école.
Léa et Camille les attendent.

«Il est vraiment chouette,
ton débardeur!» lance Camille.

«Merci, répond Lili, je l'ai
acheté en fin de semaine.»

«La nouvelle est ici, dit Léa.
Venez voir, elle est
dans la classe!»

Lili et Thomas se mettent
à courir à la suite de Léa
et de Camille.

Ils regardent par la fenêtre
de la classe. Madame Aurélie
est en train de parler
avec la maman de la petite

nouvelle. Elle a les cheveux
noirs et de grands yeux bruns.
Lili la trouve charmante.
Madame Aurélie les voit
à travers la vitre.

«Lili, viens dire bonjour
à Mika», lui propose-t-elle.

Léa et Camille courent
vers les modules de jeu et
Thomas part jouer au soccer.
Lili entre dans la classe
pour rencontrer Mika.

« Mika, je te présente Lili,
dit Madame Aurélie. Elle va
s'occuper de toi jusqu'à ce que
tu connaisses bien l'école. »

« Bonjour ! lance joyeusement
Lili. Je suis ravie de te
rencontrer. »

Mika regarde Lili. Elle se
tourne ensuite vers sa mère.
La maman de Mika sourit
et lui dit quelque chose
en japonais. Mika hoche
la tête et ses joues
deviennent toutes roses.

«Allô», murmure-t-elle.

«Mika ne parle pas encore
très bien français»,
explique Madame Aurélie.

«Oh!» répond Lili.

Puis, la cloche **sonne**.
Tous les enfants de la classe
de Lili entrent et s'assoient
à leur place.

D'habitude, Lili est assise
à côté de Thomas,

mais aujourd'hui, elle prend
place près de Mika.

Thomas lui fait un signe
de la main. Lili le salue
à son tour. Elle est très **fière**.
Elle fait une très bonne
compagne !

Chapitre deux

Pendant la récréation,
Lili et Mika s'assoient
sous le grand arbre.
Elles mangent leur collation
en regardant les amis
s'amuser au terrain de jeu.

Lili sourit à Mika.

Mika lui répond par

un sourire à son tour.

Toute la journée,

Lili s'occupe de Mika.

Il arrive parfois qu'elle

explique par des gestes ce
que Madame Aurélie est en
train de dire mais, la plupart
du temps, Mika se contente
de regarder ce que fait Lili.

Lili est certaine
que Madame Aurélie sera
très contente d'elle.

Le lendemain matin,
Lili se prépare rapidement.
Elle sort et attend Thomas

devant la porte d'entrée.
Elle est impatiente de revoir
Mika.

Une fois rendue à l'école,
Lili se rend directement dans
la classe pour retrouver Mika.

« Bonjour, Lili, lui lance
Madame Aurélie. Mika sera
bien contente de te voir.
En fait, je crois bien
que tu l'as impressionnée ! »

Lili parcourt la classe
du regard. Mika est assise
à sa place. Elle se lève
et lui envoie la main.

Elle tourne ensuite
sur elle-même pour montrer
à Lili la tenue qu'elle porte.
Lili n'en croit pas ses yeux !
Mika porte...

Un joli bandeau, deux
chaussures mauves et trois

boutons en forme d'étoile
sur son haut.

Des vêtements identiques à
ceux que portait Lili, hier!

Lili est vraiment surprise.
Elle trouve **étrange**
que Mika ait choisi de
porter les mêmes vêtements
qu'elle. Lili aime bien être
différente des autres.
Elle ne sait pas quoi dire.
Mais Mika sourit et suit
Lili qui va au terrain de jeu.

Lola est debout près
des fontaines, avec Léa
et Camille. Lili aime bien

Léa et Camille, mais elle
trouve Lola assez désagréable.

«Hé, Mika porte le même
débardeur que Lili»,
fait remarquer Camille.

«Elles doivent être
jumelles!» lance Lola.

Lili sent ses joues s'empourprer. «Non, on n'est pas des jumelles, réplique-t-elle. C'est tout simplement ridicule.»

Secrètement, Lili est très **contrariée** par le fait que Mika l'ait imitée.

Chapitre trois

À la récréation, Mika suit
Lili au terrain de soccer.
Elles s'assoient pour regarder
la partie. Thomas court
vers elles. « Bonjour, Lili,
dit-il. Veux-tu te joindre
à notre équipe ? »

«Euh…» Lili n'est pas certaine. Elle adore jouer au soccer, mais elle ne veut pas laisser Mika toute seule.

«S'il te plaît, supplie Thomas. On est en train de perdre. On a besoin de toi!»

«Bon, d'accord!» répond
Lili. Elle se tourne vers Mika
et lui dit, en tapant sur
le banc: «Tu m'attends ici,
OK? Je vais jouer au soccer.»
Lili montre le terrain.

Mika hoche la tête et sourit.
Puis, avant que Lili ait
le temps de dire quoi que
ce soit, Mika court vers
le terrain! Lili la regarde,
bouche bée.

Comment? Ce n'est pas
ce que Lili a dit!
Elle regarde Mika courir
après le ballon. Mika est
rapide. Très rapide! Peut-être
même encore plus que Lili.

«Hé! dit Thomas, Mika
est une bonne joueuse de

soccer ! » Il court vers
le terrain à son tour.

Lili s'installe sur le banc et
serre les dents. Elle sent
une grosse boule de **colère**
qui grandit en elle. Ce n'est
pas juste ! Lili est la meilleure
au soccer. Pas Mika !

Quand la cloche sonne,
Lili fonce vers la classe.
Mika la suit.

C'est maintenant l'heure
des arts plastiques.
Mika s'assoit à côté de Lili,
qui est toujours fâchée.

« OK, les amis »,
dit Madame Aurélie.

«Aujourd'hui, j'aimerais que vous dessiniez un endroit imaginaire. Je veux que chacun de vous fasse quelque chose d'unique.»

« *Hum…* pense Lili. Quelque chose d'*unique*.»

Puis, elle a une idée. Une super bonne idée. Elle va dessiner un endroit rempli de petits pois.

Des arbres à pois,
des maisons à pois et même
des personnes à pois.
«Personne d'autre n'aura
pensé à ça!» se dit Lili.
Pendant toute la leçon,
elle s'applique et travaille fort
sur son dessin.

Madame Aurélie s'approche.
« C'est un très beau dessin ! »
s'exclame-t-elle, derrière Lili.

« Merci ! » répond Lili,
toute fière. Mais, quand
elle lève les yeux,
elle s'aperçoit que Madame
Aurélie s'adresse à Mika.

Lili regarde le dessin
de Mika et en a le **souffle**
coupé.

Mika a dessiné un lieu rempli
de petits pois, elle aussi. Des
arbres à pois, des maisons et
même des gens. Comme Lili!

Lili est **furieuse**.
C'était son idée!
Elle a l'impression qu'elle va
exploser. Elle se lève et
frappe le sol du pied.

«Arrête de me copier!»
crie-t-elle à Mika.

Mika regarde Lili, les yeux
écarquillés.

Juste à ce moment-là, la
cloche sonne pour marquer
l'heure du dîner. Lili sort
de la classe en courant.
Elle ne veut plus jamais être
une bonne compagne !

Chapitre quatre

Lili est assise sous le grand
arbre au terrain de jeu.
Elle est toujours fâchée,
mais elle se sent aussi
un peu gênée d'avoir crié
après Mika.

Lili voit que Madame
Aurélie se dirige vers elle.
Elle est nerveuse,
car elle voit bien qu'elle est
contrariée.
Madame Aurélie
s'assoit sur le banc,
à côté de Lili.

«Tu sais que
tu n'aurais pas dû t'adresser
à Mika en criant»,
lui rappelle Madame Aurélie.

Lili acquiesce de la tête.

«Je sais, dit-elle. C'est juste
que…c'est seulement…
elle n'arrête pas de copier.
C'est tellement embêtant!»

Madame Aurélie sourit.
«Je t'avais dit que
tu l'impressionnais,
te rappelles-tu?»

Lili fronce les sourcils.

«Elle n'est pas obligée
de tout faire comme moi!»

«Imagine un instant ce
que c'est, pour Mika,
reprend Madame Aurélie.
Tout est nouveau et différent
pour elle. Imagine que
tu ne peux pas comprendre
ce que les autres disent.»

Lili se met à réfléchir.
Ça semble **effrayant**.

«Imagine ensuite
que tu rencontres quelqu'un
qui est là pour t'aider.
Une personne gentille,
comme toi, Lili»,
poursuit Madame Aurélie.

Lili regarde Madame Aurélie,
surprise.

« La maman de Mika
a dit qu'elle n'avait pas arrêté
de parler de toi, hier,
explique Madame Aurélie.
Elle est allée magasiner
hier soir pour acheter
à Mika un débardeur
comme le tien. »

« Vraiment ? » demande Lili.
C'est la première fois
qu'elle voit les choses
de cette façon. « Alors c'est

parce qu'elle m'aime,
qu'elle fait comme moi ?»

«C'est exact»,
répond Madame Aurélie.

«Je suis malheureuse
d'avoir crié après elle»,
avoue Lili.

«Voudrais-tu t'excuser ?»
demande Madame Aurélie

Lili acquiesce d'un signe
de tête.

Madame Aurélie appelle
Mika. « Je m'excuse d'avoir
crié après toi », dit Lili
à Mika.

«Alors, veux-tu toujours être
la compagne de Mika?»
demande Madame Aurélie.

Lili hoche la tête.
«Non, plus maintenant.»

«Oh! mais pourquoi?»
s'étonne Madame Aurélie.

Lili fait un sourire à Mika.
«Parce que j'aimerais
mieux être ton amie.»

Mika est toute mêlée.

«Peut-être qu'elle ne me
comprend pas,» pense Lili.
Puis, elle a une idée.
Une super bonne idée.

«Attends-moi ici!»
lance-t-elle. Lili court
à la bibliothèque de l'école.

Elle s'assoit devant
un ordinateur et tape

un message. Un autre
message apparaît à l'écran,
rempli de lettres étranges,
toutes tarabiscotées.
Lili les copie sur un morceau
de papier.

Si Lili ne peut comprendre
ces mots, elle sait que Mika,
elle, en est capable. Sais-tu
pourquoi ? Mais oui !
Lili a transcrit son message
en japonais. Peux-tu deviner
ce qu'il dit ?

Lili B Brown

Le grand projet

Texte : Sally Rippin
Illustrations : Aki Fukuoka
Traduction : Geneviève Rouleau

EH . Héritage jeunesse

Chapitre un

Lili B Brown a vingt-sept
bâtonnets de bois,
douze cure-pipes et
un bâton de colle.
Sais-tu ce que signifie le «B»
dans «Lili B Brown»?

Bricolage !

Lili a un devoir à faire.
Elle doit construire une tour
pour un projet scolaire.

L'enseignante de Lili est
absente pour toute
la semaine. Mademoiselle
Céleste la remplace.
Elle porte des jupes longues
et beaucoup, beaucoup
de bracelets en argent.

Douze cure-pipes

Un bâton de colle

Vingt-sept
bâtonnets
de bois

Quand Mademoiselle
Céleste marche, ses jupes
font **froutch, froutch,
froutch.** Ses bracelets
font **gling, gling, gling.**
Lili la trouve fantastique.

Mademoiselle Céleste a
décidé que toute la classe de
Lili allait construire une ville
miniature. Les élèves doivent
fabriquer quelque chose
pour le projet.

Certains enfants font
des bâtiments ennuyeux,
comme des hôpitaux ou
des écoles. Pas Lili.
Elle construit une tour.

Mais Lili a beaucoup de
difficulté à faire tenir sa tour
debout. Elle se met à vaciller,
puis elle s'effondre.
Lili commence à être très
fâchée.

« Fichue tour ! » lâche-t-elle.

Lili lance le bâton de colle
à travers la pièce.

« Lili ! dit sa maman.
On ne lance pas de choses
dans la maison. »

« Pourquoi ne pas essayer de faire une construction plus simple ? demande son père. Tu pourrais utiliser une boîte, comme l'a fait Thomas. »

Thomas est le meilleur ami de Lili. Il vit dans la maison voisine. Lili et Thomas sont dans la même classe à l'école. Thomas a terminé son projet hier. Il a bâti une maison à partir d'une boîte.

Elle a des fenêtres et
des portes qui s'ouvrent et
se referment.

Mais Lili ne veut pas
construire une maison
banale et ordinaire. Elle veut
créer une tour de grande
classe.

Elle est tellement en **colère**
que sa tête bouillonne.

«Je déteste ce projet stupide!
crie Lili. Ma tour ne sera
jamais prête pour demain!»
Elle court à l'étage et
s'écroule sur son lit.

Chapitre
deux

On frappe à la porte de
la chambre de Lili. Son papa
entre. Lili a enfoui sa tête
dans l'oreiller. Elle veut que
son papa sache qu'elle est
très, très en **colère**.

«Hé, Lili, dit son père en lui donnant une petite tape amicale sur la tête. Allez, viens. Je vais t'aider à construire ta tour. Tu as seulement besoin d'une colle plus forte, c'est tout.»

«D'accord», répond Lili, en **bougonnant.** Mais, secrètement, elle se sent un peu mieux.

Lili et son papa descendent pour bâtir la tour.

La colle plus forte est trop dangereuse pour que Lili l'utilise toute seule.

Elle tient les bâtonnets et son papa les colle ensemble.

Bientôt, la tour est finie.

Elle est magnifique !

Lili est très **fière**.

Elle est certaine que ce sera
le projet le plus intéressant
de la classe.

Habituellement, Lola est
la meilleure pour les projets
scolaires. Mais Lola ne
construit qu'un hôpital.
Lili, elle, a bâti une tour !

Lili espère que Mademoiselle
Céleste aimera sa tour.
Elle espère que
Mademoiselle Céleste
placera sa tour juste
au milieu de leur ville.

«Quelle belle tour, Lili!
lance sa maman. Tu ferais
mieux de la mettre sur
la table de la salle à manger.
Il ne faudrait pas que Noah
puisse y toucher!»

Lili fronce les sourcils.
Les bébés peuvent parfois
être contrariants. Surtout
quand ils commencent
à se déplacer. Noah touche
à tout!

«Je ne peux pas encore
la déplacer, dit Lili. Il faut
qu'elle sèche.»

«Pourquoi ne pas te préparer
pour aller au lit? propose
son père. Tu pourras
la ranger après. Elle sera
sèche à ce moment-là.»

«D'accord», répond Lili
en bâillant. Elle a travaillé
sur son projet toute la soirée
et il est tard.

Lili enfile son pyjama et
se brosse les dents. Son papa
monte la border. Sa maman
est en train de mettre Noah
au lit.

«As-tu rangé ta tour?»
demande son père.

«J'y vais tout de suite»,
répond Lili. Elle court vers
la salle de séjour.

Mais la tour est toujours
chancelante. Lili ne veut pas
y toucher maintenant.
Elle pourrait tomber en
morceaux.

Lili décide de revenir plus
tard. Elle pourra se faufiler
en bas quand son papa aura
fini de lui lire une histoire.

Le papa de Lili la borde.
Il lui lit l'histoire d'une
petite fille qui vit à Paris.
Il lui explique que Paris est
une grande ville de France.

La petite fille du livre
promène son chien dans
un parc rempli de statues
et de sculptures. Lili adore
ce livre.

Les images de Paris sont très belles.

Lili s'endort, en rêvant à la ville magnifique que sa classe est en train de faire, avec Mademoiselle Céleste.

Oh, oh !

Lili a oublié quelque chose de très important.

Te rappelles-tu ce que c'est?

Chapitre trois

Le lendemain matin, Lili trouve difficile de se lever.

« Lili ! appelle sa maman. Dépêche-toi et viens déjeuner. Tu vas être en retard à l'école ! »

Lili est tout **endormie**.
Elle s'habille et descend
déjeuner. Son papa verse
du lait sur ses céréales.

Soudain, il s'arrête.
Il fait un drôle d'air.

«Lili, commence-t-il lentement. As-tu rangé ton projet hier soir?»

Lili se retourne. Noah est assis sur le plancher de la cuisine. Il fait un grand sourire. Un bâtonnet décoré d'un bout de cure-pipe collé sort de sa bouche.

« La tour ! » s'exclament
ensemble Lili et son papa.

Lili court dans la salle de
séjour. Les bâtonnets et
les cure-pipes sont éparpillés
dans tous les coins !

Lili fonce dans la cuisine.
«Noah, tu as détruit mon
projet scolaire!» crie-t-elle.
Noah se met à pleurer.

«Oh, Lili, je suis vraiment désolé, dit son père. Mais nous t'avions dit de déplacer ton projet. Noah est trop petit pour comprendre qu'il ne faut pas toucher à tes choses.»

Lili fixe le sol. Elle est **fâchée,** mais elle ne voulait pas faire pleurer Noah. Elle lui fait un câlin. Il arrête de pleurer.

Le papa de Lili la prend
dans ses bras. « Que dirais-tu
de les recoller ensemble ? »
demande-t-il.

Lili refuse d'un signe de tête.
La tour ne sera jamais sèche
à temps. C'est aujourd'hui
que les élèves bâtissent
leur ville. Elle doit trouver
autre chose. Et vite !

Juste à ce moment-là, Noah lève sa main en direction de Lili. Il tient dans son poing deux morceaux de cure-pipe entortillés. Ça lui rappelle quelque chose.

Soudain,
Lili a une idée.
Une super idée
de génie!

«Merci, Noah!» dit-elle.

Lili court dans la salle
de séjour. «Je serai prête
dans cinq minutes!»
annonce-t-elle.

À ton avis, que prépare-t-elle?

Chapitre quatre

Peu après, Thomas arrive
pour marcher jusqu'à l'école
avec Lili.

Elle entre dans la cuisine.
Lili transporte quelque chose
qu'elle a recouvert
d'un linge à vaisselle.

Quelque chose de grand,
à la forme irrégulière.

« C'est ta tour ? » demande
Thomas. « Non, répond Lili.

J'ai décidé de faire quelque chose de différent.»

«Qu'est-ce que c'est?» insiste Thomas.

«C'est une surprise! dit Lili. Je vais te montrer mon projet quand nous arriverons à l'école.»

Le visage de Lili est illuminé par un grand sourire. Mais elle sent des papillons dans son ventre.

Et si Mademoiselle Céleste
n'aimait pas son projet?
Et si tout le monde riait
d'elle?

«OK, dit le papa de Lili.
Il est temps de partir!»

Il amène Lili et Thomas
en voiture pour éviter
qu'ils arrivent en retard à
l'école.

Lili et Thomas entrent
en classe.

Mademoiselle Céleste est
à son bureau. Lola et
ses amies sont là, elles aussi.
Elles regardent toutes
le projet de Lola.

Elle a fait un hôpital à partir
d'une grosse boîte en carton.
Si on jette un coup d'œil à
l'intérieur, on peut voir
des boîtes d'allumettes, pour
les petits lits, et des personnes
faites de cure-pipes.

C'est parfait. Comme Lola.

Lili dépose son projet
sur son pupitre. Son cœur
bat très vite.

Elle retire le linge à vaisselle et dévoile une chose très étrange, faite de cure-pipes entortillés et de bâtonnets de bois.

Thomas est médusé.

Lola se retourne. Quand elle voit le projet de Lili, elle se met à rire à gorge déployée.

«Qu'est-ce que c'est que ça,
Lili? Ça a l'air fou!»
Les amies de Lola se mettent
à ricaner.

Mais Lili sourit
bravement.
«C'est une sculpture!»
répond-elle. Elle souhaite
que Mademoiselle Céleste
l'entende.

Mademoiselle Céleste
se lève.

Elle s'avance vers Lili dans
sa longue jupe froutch
froutch. Lili retient
son souffle. Son cœur veut
sortir de sa poitrine.

« Une sculpture ! s'exclame
Mademoiselle Céleste.
Elle tape dans ses mains et
ses bracelets se mettent à
tinter. Quelle merveilleuse
idée ! J'adore ! »

Lili sourit. Elle pense
qu'elle va exploser de fierté.

«Merci, Mademoiselle Céleste, dit-elle. J'ai pris cette idée dans un livre sur Paris. À Paris, il y a des sculptures partout!»

«Tu as parfaitement raison, Lili, répond Mademoiselle Céleste. Toutes les grandes villes ont besoin d'œuvres d'art. Nous allons installer ta sculpture au milieu de notre ville!»

Lola fronce les sourcils.

Mademoiselle Céleste
regarde de plus près la folle
sculpture de Lili.
«Mon Dieu, tu as dû
y mettre une éternité,
ajoute-t-elle. Est-ce que
quelqu'un t'a aidée?»

«Hum, je dirais que oui.»
Lili regarde Thomas en riant.
«Mon petit frère m'a aidée!»

Lili B Brown

C'est le temps des vacances

Texte : Sally Rippin
Illustrations : Aki Fukuoka
Traduction : Geneviève Rouleau

EH **Héritage jeunesse**

Chapitre un

Lili B Brown a un sachet
de bonbons à la menthe,
douze crayons de couleur
et une valise à roulettes
toute neuve. Sais-tu
ce que signifie le « B »
dans « Lili B Brown » ?

Bougeotte !

Lili B Brown est tellement
excitée qu'elle n'arrête pas
de sautiller partout !
Sais-tu pourquoi Lili
ne tient pas en place ?
Elle s'en va passer
toute une semaine
chez sa grand-mère !

Lili adore sa grand-mère.

Un sachet
de bonbons
à la menthe

Douze crayons
de couleur

Une valise à roulettes
toute neuve

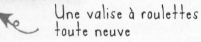

Elle vit dans une ville,
très, très loin. Tellement loin
qu'on ne peut pas y aller
en voiture. Alors Mamie
va l'emmener en avion.
C'est formidable !

À bord de l'avion,
Mamie permet à Lili
de s'assoir du côté du hublot.
Lili n'a jamais pris l'avion.

Elle veut essayer
tous les boutons
et tous les jeux. Elle mange
toutes ses menthes avant
même que l'avion décolle.

«Lili, dit sa grand-mère,
tu pourrais dessiner ou lire
un livre.»

Mais Lili est bien trop
excitée pour dessiner ou lire.
Elle compte les dodos
depuis des semaines!

Quand l'avion décolle,
il va très vite et fait
beaucoup de bruit. Lili est
un tout petit peu **inquiète**.

Elle regarde à travers
le hublot. Les voitures
et les maisons sont de plus
en plus petites.

Lili n'a jamais vu quelque chose d'aussi merveilleux. Ça ressemble au pays des fées. Elle n'a plus peur, maintenant. Mais elle serre la main de sa grand-mère lorsque l'avion traverse les nuages et une zone de turbulences. **Boum badaboum boum boum**.

Lili a dressé une liste
des choses amusantes qu'elle
et sa grand-mère vont faire.

Lili est *impatiente* d'arriver.
Elles ont tant à faire !

Zoo

Magasinage – nouvelles chaussures
(des mauves?)

Aller au cinéma

Parcours aventure

~~Glissades d'eau~~ (pas de glissades
d'eau près de chez Mamie)

Chapitre deux

Quand elles arrivent
à l'appartement de Mamie,
il fait déjà noir.

Lili est très fatiguée.
Mamie l'installe
dans un petit lit pliant,

dans le bureau. Les draps
sont frais et impeccables.

Mais Lili se sent **chaude**
et ça **pique**. Elle a aussi
un peu mal au ventre.

« C'est probablement juste
l'excitation de la journée,
ma puce », dit Mamie.
Elle embrasse Lili et
lui souhaite une bonne nuit.
« Tu vas aller mieux demain. »

Lili a de la difficulté
à s'endormir.

L'appartement de Mamie
est un peu bizarre dans
le noir. Et la circulation
à l'extérieur fait beaucoup

de bruit! Lili se sent de plus
en plus chaude et irritée
par les démangeaisons.

Quand Lili se réveille,
le lendemain matin,
elle est couverte de boutons.
Sais-tu ce qu'elle a ?

La varicelle !

«La varicelle?» demande
Lili. «La varicelle!» répète

Mamie, en hochant la tête.
«Heureusement, je l'ai déjà
eue. Je ne peux donc pas
l'avoir une deuxième fois.»

«Mais on ne veut pas que
d'autres enfants l'attrapent.
Il va falloir que tu restes
à la maison jusqu'à ce que
tu ailles mieux.»

«Et le zoo? se désole Lili,
qui n'en croit pas ses oreilles.

Et le cinéma ?

Et mes nouvelles chaussures ? »

De grosses larmes glissent

sur les joues parsemées

de boutons de Lili.

« Je suis désolée, soupire

Mamie. Mais il n'y a rien

à faire. Veux-tu tes crayons
et ton cahier de dessin?
Je vais t'apporter ton petit
déjeuner au lit. Pain doré?»

«Avec des bananes?» ajoute
Lili, en s'essuyant les yeux.

«Avec des bananes!»
assure Mamie.

Lili mange tout
son déjeuner. Elle appelle

ensuite sa mère
et son père.

«Devine quoi, Lili,
dit sa maman. Bébé Noah
a la varicelle, lui aussi!»

Lili se met à rire. Elle ne
peut imaginer son petit frère
couvert de boutons.

«Allô, Noah!» crie Lili,
dans l'appareil.

Après avoir dit au revoir,
elle se remet au lit
avec ses crayons et son cahier
de dessin.

Cela ne sert à rien.
Elle ne sait pas quoi dessiner.

Lili sent sa peau **irritée**
et qui **pique** partout.

Mamie lui conseille
de ne pas gratter ses boutons
parce qu'ils pourraient laisser
des cicatrices. Lili soupire.
Elle aimerait tellement aller
au parc et dans les magasins
et au zoo…

Lili avait inscrit des activités
tellement agréables
sur sa liste et elle ne peut
même pas en faire une.
Quelles vacances ratées !

Puis, Lili a une idée.
Une super bonne idée !

Tu ne devineras jamais
ce qu'elle s'apprête à faire.

Chapitre trois

«OK, Mamie, crie Lili.
Tu peux venir maintenant!»

Mamie entre dans le salon.
«Oh! c'est magnifique,
Lili!» dit-elle.

Lili a un fou rire.

Mamie a raison. Le salon
a l'air… eh bien, le salon
n'a plus l'air d'un salon !

Lili a dessiné des animaux
toute la matinée. Pendant
que Mamie préparait le
dîner, elle a placé ses dessins
partout dans la pièce.
Elle a même déplacé
certains meubles pour
qu'ils ressemblent

à des cages. Maintenant,
le salon a l'air d'un zoo!

Mamie et Lili font le tour
du zoo de Lili, en regardant
les animaux. «Fais bien
attention à celui-là!»

l'avertit Lili. Elle montre
du doigt M. Fred, assis dans
le panier à linge de Mamie.
« C'est un ours féroce ! »

Mamie fait semblant d'avoir
peur. Lili rit.

Mamie a organisé
un pique-nique pour dîner.
Après avoir vu les animaux,
elles s'assoient sur le tapis
pour manger leur sandwich.

«Pourquoi n'irions-nous pas
au bar laitier, ensuite?»
demande Mamie, en faisant
un clin d'œil à Lili.

«Youpi!» lance Lili,
en suivant sa grand-mère
dans la cuisine.

Mamie fait semblant
d'être la serveuse du bar
laitier. Elle tend à Lili
un bol de crème glacée
à la vanille. Lili fait semblant
de la payer.

Puis, Mamie sort différentes
choses de l'armoire.
Des bananes, des brisures
de chocolat, du beurre
d'arachide, du sirop d'érable
et des bonbons arc-en-ciel.

«Aimeriez-vous
une garniture, madame?»
demande-t-elle, d'une drôle
de voix.

«Est-ce que je peux mettre
ce que je veux?»
demande Lili.

«Bien sûr!» répond Mamie.
Lili a un petit sourire narquois.
«Est-ce que je peux mettre
tout ce que je veux?»

Mamie rit. «Tout ce que
tu veux, ma puce.»

Lili mélange tous
les ingrédients dans sa crème
glacée, jusqu'à ce
qu'elle obtienne un genre
de gibelotte crémeuse.
C'est délicieux! Ces vacances
sont beaucoup plus drôles
que ce qu'elle avait prévu!

Ce soir, après le bain de Lili,
Mamie étend une crème
spéciale sur sa peau, pour
atténuer les démangeaisons.

Les boutons sont rouges
et piquent encore plus
qu'avant. Mais Lili réussit
à ne pas les gratter.

Quand Mamie a fini,
Lili saute dans son lit
et prend sa liste d'activités
de vacances. Elle biffe **Zoo**.
Qu'y a-t-il ensuite ?

Magasinage – nouvelles
chaussures !

Oh, mon Dieu !
Comment Lili
et sa grand-mère
peuvent-elles aller magasiner
si Lili ne peut pas sortir ?
Mais Lili a une autre idée.
Une super bonne idée !
Encore plus super
que la dernière !

Devines-tu à quoi
elle pense ?

Chapitre quatre

Le lendemain matin,
Lili se lève de bonne heure.
Il y a tellement de choses
au programme !

« Qu'est-ce qu'on fait,
aujourd'hui ? » demande
Mamie, pendant le déjeuner.

«On va acheter
des chaussures!» répond Lili.

«Super! lance Mamie.
J'adore magasiner!»

Elles se rendent
dans la chambre de Mamie.
Lili essaie toutes
les chaussures qui se trouvent
dans le placard. Des roses
et des brillantes, des bottes
et des sandales.

Lili trouve enfin les souliers
parfaits. Ils sont exactement
du même mauve que
son tee-shirt. Ils sont un peu
grands mais, pour Lili,
cela n'a pas d'importance.
Lili et Mamie paient
M. Fred, le vendeur.

Lili biffe **magasinage – nouvelles chaussures** sur sa liste.

«Ensuite?» demande Mamie.

«Aller au cinéma», dit Lili.

«Hum! d'accord», répond Mamie.

«Si je demandais à mon voisin d'aller nous chercher quelques DVD? On peut faire du maïs soufflé!»

«Oui!» crie Lili. Elle sautille de joie et d'**excitation**.

«Je suis heureuse de voir que tu es toujours aussi pleine d'entrain, dit Mamie. Même avec la varicelle!»

Lili bricole des billets de cinéma pour elle-même et pour sa grand-mère. Ensuite, elle ferme les stores dans le salon pour qu'il fasse bien noir. Comme au cinéma!

Après avoir fini de préparer
la salle de cinéma, Lili aide
Mamie à faire du maïs soufflé
dans une grande casserole.

Lili aime beaucoup voir
le maïs éclater dans la casserole.
Pop! Pop! Pop!

Lili et Mamie passent
toute la semaine à l'intérieur,
mais Lili ne s'ennuie pas
une seule fois.

Un matin, Lili invente
un parcours d'aventure, à l'aide
de coussins. Et le soir, elle joue
aux glissades d'eau, dans
son bain. Il y a de l'eau partout!

Au dernier jour
de ses vacances, les boutons

de Lili ont presque disparu.
Elle peut sortir maintenant.

Heureusement, parce
qu'il est temps pour Lili
et Mamie de prendre l'avion
et de rentrer à la maison.

Dans l'avion, Lili touche
à tous les boutons de
l'accoudoir. Par inadvertance,
elle appuie sur le bouton
d'appel des agents de bord.

« Oups, je m'excuse ! »
dit Lili, en voyant la dame
approcher.

« Pas de problème,
ma chouette », dit l'agente
de bord. Elle fait un sourire
à Lili et à sa grand-mère.
« Es-tu en vacances
avec ta grand-maman ? »

« Oui, répond Lili.
Mais j'ai eu la varicelle

et je n'ai pas pu sortir
de toute la semaine ! »

« Oh, quel dommage,
se désole-t-elle. Tes vacances
ont dû être très ennuyeuses. »

«Pas du tout!» lance Lili.

«Nous sommes allées au zoo
et nous avons mangé
de la crème glacée.
Nous avons magasiné
et nous sommes même allées
aux glissades d'eau!»

«Aux glissades d'eau?
demande l'agente, étonnée.
Mais je croyais que tu étais
demeurée à la maison?»

«Mais oui, dit Lili. Et ce sont les plus belles vacances de ma vie!»

L'agente de bord est perplexe.

Lili et
sa grand-mère
se regardent
et éclatent
de rire.

Lili B Brown

Le cours de natation

Texte : Sally Rippin
Illustrations : Aki Fukuoka
Traduction : Geneviève Rouleau

EH Héritage jeunesse

Chapitre un

Lili B Brown a une paire
de lunettes de natation,
une serviette jaune
et un maillot de bain rouge.
Sais-tu ce que signifie le « B »
dans « Lili B Brown » ?

Baleine !

Lili B Brown a un mal
de ventre aussi gros qu'une
baleine. Aujourd'hui, Lili
et sa classe ont un cours de
natation. Lili adore patauger
à la plage, mais déteste nager
dans une piscine.

La piscine est profonde
et tout le monde crie
et s'éclabousse.

Une serviette jaune

Une paire de lunettes
de natation

Un maillot
de bain rouge

329

L'année dernière, Lili et
sa classe suivaient leurs cours
de natation dans la piscine
des enfants.

Cette année, les cours
ont lieu dans la piscine
des grands. Quand Lili pense
au côté le plus profond de la
piscine, cela la rend **malade**.

Dans l'autobus qui
les conduit à la piscine,

Lili s'assoit, comme toujours, près de Thomas, son meilleur ami.

Habituellement, Lili
et Thomas se parlent ou
chantent des chansons drôles,
mais aujourd'hui, Lili est
bien sage.

«Est-ce que ça va?»
demande Thomas.

«Bien sûr!» répond Lili.

«J'ai un peu mal à l'estomac,
c'est tout.»

Lili ne veut pas que Thomas
sache qu'elle a **peur**.

Thomas est un bon nageur.

Si Lili avoue à Thomas
que le côté le plus profond
de la piscine lui fait peur,
il pourrait penser que c'est
absurde.

L'autobus s'arrête près
de la piscine. Les camarades

de classe de Lili crient
si **fort** que le chauffeur doit
se boucher les oreilles.

Tout le monde est content,
à l'exception de Lili. Elle se
fait toute petite sur son siège.

« D'accord, les amis !
lance madame Aurélie.
Calmons-nous. Est-ce que
tout le monde a apporté
son sac de natation ? »

«OUI!» répondent
en chœur les enfants.

C'est alors que Lili a
une idée. Une super bonne
idée! À l'aide de son pied,
elle pousse rapidement
son sac de natation sous
le siège qui se trouve devant
elle. Puis elle lève la main.

«Euh, Madame Aurélie,
j'ai oublié le mien! dit-elle.

Je ne pourrai pas nager, aujourd'hui.»

«Tu ne l'as pas oublié, s'exclame Thomas. Il est là, sous le siège!»

«Quelle chance! dit madame Aurélie. Merci, Thomas!»

«Ouais, merci Thomas», **marmonne** Lili. Elle suit Thomas et descend de l'autobus.

« J'espère que nous serons dans le groupe des Requins ensemble ! » confie Thomas à Lili.

Lili soupire. La classe sera divisée en trois groupes : les Requins, les Raies d'eau douce et les Espadons.

Le groupe des Requins est le meilleur.

Lili regarde le formulaire
que sa maman a rempli.
Elle sait bien qu'elle ne nage
pas assez bien pour être
dans le groupe des Requins
avec Thomas. Lili est plus
pieuvre que requin. Des bras
et des jambes partout!

Chapitre deux

Lili et sa classe se préparent dans les vestiaires du centre de natation. Ils retrouvent ensuite madame Aurélie près de la piscine des enfants. Lili soupire. Elle aimerait tellement que son cours

soit dans la petite piscine.
Même du côté le plus creux,
l'eau ne dépasse pas
son menton. Mais madame
Aurélie les dirige vers
la piscine des grands.

Près de la piscine,
une enseigne indique :
Attention. Eau profonde.

Lili sent que son cœur
commence à battre très fort.

Elle tire madame Aurélie
par le bras.

«Oui, Lili?» demande-t-elle.
«Je ne veux pas aller
dans la piscine des grands!»
chuchote Lili.

«Oh? Et pourquoi?»
rétorque madame Aurélie.

«Je… je ne sais pas très bien
nager», répond Lili,
embarrassée. Elle sent ses
joues **brûlantes**. Madame
Aurélie sourit et serre la main
de Lili dans la sienne.
«Eh bien c'est
justement pourquoi
nous sommes ici, Lili:
pour apprendre!»

« Oui, mais Thomas peut
déjà nager, lui ! » riposte Lili.
« Et je parie que tout
le monde le peut aussi. »

À cet instant même,
deux garçons commencent
à faire des folies. Madame
Aurélie doit se dépêcher
de les arrêter. Ils pourraient
tomber dans la piscine.
Les autres élèves de la classe
se dirigent vers les bancs.

«Allez, viens Lili!»
insiste Thomas.

Lili se laisse lourdement
tomber sur un banc, à côté
de Thomas. Elle est certaine
d'être la pire nageuse de
la classe. Tout le monde va se
moquer d'elle. Ou peut-être
même va-t-elle se noyer!
Lili n'arrive pas à trouver
ce qui est le pire : se noyer
ou faire rire d'elle?

Bientôt, tout
le monde
est debout,
au bord
de la piscine.
Lili frissonne
dans son maillot
rouge qui pique. Tout près
d'elle, Thomas saute de **joie**.

Trois professeurs de natation
se trouvent aussi au bord
de la piscine.

«Bien! crie l'un d'eux.
Nous allons vous diviser
en trois groupes. Est-ce que
tout le monde s'est exercé,
depuis l'année dernière?»

«OUI!» répond la classe,
à l'unisson.

Toute la classe, à l'exception
de Lili, bien entendu.
Lili ne peut s'empêcher
de fixer la partie de la piscine

où l'eau est la plus profonde
et de tirer **nerveusement**
sur son maillot.

«Requins! Requins!»
murmure Thomas à Lili.
Lili tente d'imaginer qu'elle
est un requin. Les requins
sont rapides et n'ont peur
de rien. Mais cela ne
fonctionne pas. En ce moment,
elle a plus l'impression d'être
une méduse tremblotante.

Chapitre trois

Un professeur de natation lit
les noms des membres
du groupe des Requins.
Thomas, Camille et Simon
sont tous des Requins.
Ils sautent dans la piscine
et s'éloignent en nageant

avec le professeur.

Le professeur suivant lit
les noms des membres
du groupe des Raies d'eau
douce. Mika et Léa
sont toutes les deux
des Raies
d'eau douce.
Lili croise
les doigts en
souhaitant être
appelée, mais
le professeur finit

l'appel, sans la nommer.

Les Raies d'eau douce
s'éloignent dans la piscine,
avec l'autre professeur.

Au début, Lili croit qu'elle
est la seule élève qui reste.
Elle le savait. Elle *est* vraiment
la pire nageuse de la classe.

Mais attends ! Quelqu'un
d'autre est debout, au bord
de la piscine. Quelqu'un
avec un maillot de fantaisie

à frous-frous et un bonnet
de natation rose.
Lili jette un coup d'œil.
C'est Lola !

*Est-ce que ça veut
dire que Lola
ne sait pas nager
non plus ?*

Lili se questionne.
*Lola excelle dans
tout ce qu'elle entreprend !*

Même si Lili et Lola ne sont
pas vraiment des amies,
Lili se sent un peu mieux.
Elle lui adresse un sourire
gêné, mais Lola, nerveuse,
se ronge les ongles.

« Tu ne sais pas nager, Lola ? »
lui demande Lili.

« Et alors ? *Toi* non plus ! »
répond Lola, avec colère.

Lili fronce les sourcils.

« Pourquoi es-tu méchante ? »
réplique Lili.

Le professeur de natation
leur fait un sourire amical.
« Hé, là-bas ! lance-t-il.

Vous devez être
mes deux Espadons.»

Lili est furieuse. Elle ne veut
pas être dans le même
groupe que Lola. Si elle
nageait jusqu'aux Requins,
elle pourrait leur montrer
qu'elle nage assez bien pour
être avec eux. Mais elle doit
faire vite sinon elle devra
rester avec cette vieille
grincheuse de Lola.

Alors, Lili se pince le nez,
ferme bien les yeux et…
saute !

De plus en plus bas, Lili
s'enfonce. Au plus profond
de l'eau.

Oh non ! pense-t-elle en paniquant. *Je vais me noyer !*
Elle entend battre son cœur.
Elle agite bras et jambes,
mais cela ne sert à rien.
Elle continue de descendre,
de plus en plus profondément,
vers le fond de l'eau. Lili
ne nage pas du tout comme
un requin. Elle ne nage
même pas comme un poisson.
Lili tombe dans l'eau
comme une roche.

Chapitre
quatre

Soudain, Lili sent un bras
qui s'enroule autour
de sa taille. Elle est projetée
hors de l'eau et ramenée
au bord de la piscine.
Le professeur lui sourit.

« Il faudrait peut-être
que tu t'entraînes encore
un peu ? » avance-t-il.
Il fait un signe à Lola.
«Viens nous retrouver ! »

Super ! pense Lili, *fâchée.*
Elle fixe son regard sur l'eau,
en **frissonnant**.

Lola s'avance et s'assoit
près de Lili. Les deux filles
ne se regardent pas.

«Bien!» dit l'instructeur.
«Maintenant, je veux
vous voir entrer dans l'eau
en glissant *doucement*
et en vous tenant sur le bord
de la piscine, d'accord?
Nous commencerons
par pratiquer la nage
du petit chien.»

Lili est **horrifiée**.

Oh non ! Pas la nage du petit chien !

C'est pour les bébés, pense-t-elle. *Maintenant, tout le monde va se moquer de moi. C'est certain.*

Tout à coup, Lola se met à pleurer. Lili la regarde, surprise.

Le professeur se tourne
vers elle, inquiet. « Qu'est-ce
qui ne va pas avec ton amie ? »
lui demande-t-il.

« Elle n'est pas mon… »
commence Lili,
mais elle s'arrête.

En voyant Lola pleurer,
Lili a l'impression qu'elle
n'est plus aussi méchante.
«Qu'est-ce qu'il y a, Lola?»
demande doucement Lili.

Lola regarde Lili.

«Je suis une très mauvaise
nageuse, explique Lola,
d'une petite voix.
Je ne sais même pas nager
en petit chien!»

Lili se met à rire.

« C'est tout ? » « Ne t'inquiète
pas, c'est très *facile* de nager
en petit chien, poursuit Lili.
Je vais te montrer. »

Lola fait la moue.

« C'est facile pour toi, Lili,
dit-elle. Tu excelles dans
tout ! » « Les barres fixes,
le soccer, la course à pied…
Je suis *épouvantable* dans
les sports ! »

«Quoi?» s'étonne Lili.

«*Tu* es celle qui est bonne
dans tout ce qu'elle fait, Lola !
La musique, l'épellation,
le ballet… Te rappelles-tu
à quel point j'étais mauvaise,
en ballet?»

Lola hoche la tête. Puis elle
est prise d'un fou rire.

«Tu *faisais* un très mauvais
papillon.»

Lola sèche ses larmes.

« Je pense que nous excellons dans des domaines différents. Mais nous sommes toutes les deux de *mauvaises* nageuses ! »

« Non, c'est faux, répond Lili.
Nous allons apprendre.
Viens ! »

Lola soupire. « Je ne veux pas
être dans le groupe
des Espadons, c'est le pire
groupe », dit-elle.

Lili ne veut pas être dans
le pire groupe non plus.
C'est à ce moment-là qu'elle
a une idée.

Une super
bonne idée!
«Tu as
raison!»
répond Lili.
Elle sourit.
«Alors
commençons un nouveau
groupe. Nous pourrions être
les Petits chiens nageurs!
Les chiens sont *tellement*
plus gentils que les espadons
et les requins.»

«Les Petits chiens nageurs ?
J'aime ça ! » lance
le professeur de natation.
Lola se met à rire. Lili se met
aussi à rire. Puis elle prend
la main de Lola et les deux
filles se glissent dans l'eau.
Cette fois, Lili n'a aucune
crainte.

Lili B Brown

Le film d'horreur

Texte : Sally Rippin
Illustrations : Aki Fukuoka
Traduction : Geneviève Rouleau

EH **Héritage jeunesse**

Chapitre un

Lili B Brown a une paire
de lunettes 3D, une boisson
gazeuse et un grand
contenant de maïs soufflé.
Sais-tu ce que signifie le « B »
dans « Lili B Brown » ?

Brûler !

Lili B Brown brûle
d'impatience. Elle s'en va
au cinéma avec Lola et
ses sœurs. Lola est dans
la même classe que Lili,
à l'école. Elle a deux grandes
sœurs : Agathe et Juliette.

Lili aimerait tellement avoir
deux grandes sœurs,

Une paire de
lunettes 3D

Une boisson gazeuse

Un grand
contenant
de maïs soufflé

elle aussi. Elle n'a qu'un petit
frère, Noah, un bébé tout
potelé. Elle aime bien
le cajoler, mais c'est à peu
près tout ce qu'elle peut
faire avec lui.

La maman de Lola
est dans la file d'attente
pour acheter les billets.
« Quel film voulez-voir ? »
demande-t-elle.

«Que diriez-vous des petites
souris qui dansent?»

«Non, répond Juliette, c'est
pour les bébés. Allons voir
le film sur la maison hantée.»

«Mmm, dit la mère
de Lola, ça me semble
un peu effrayant.»

«Mais non, ajoute Agathe,
le film est classé G,

c'est donc aussi
pour les enfants.»

«Je pense qu'on devrait
laisser Lili et Lola choisir»,
ajoute la maman de Lola.

« As-tu peur des films d'horreur ? » demande Juliette à Lili.

« Bien sûr que non ! » répond Lili, même si elle est un petit peu **nerveuse**. Lili n'aime pas tellement les films d'horreur. Ils lui font faire des cauchemars. Mais elle ne veut pas le dire aux sœurs de Lola.

Elle veut qu'elles la trouvent **courageuse**.

«Lola, demande sa maman, as-tu peur des films d'horreur?»

Lili pense d'abord que Lola semble un peu nerveuse, elle aussi. Puis elle dit : «Bien sûr que non! Nous ne sommes pas des bébés, maman.»

« *Avant*, j'avais peur,
dit Lili, d'une voix grave.
Mais c'était quand j'étais
petite, plus maintenant.»

Agathe et Juliette se mettent
à rire. Lili sourit. Elle aime
bien faire rire les grandes
sœurs de Lola.

«Alors, c'est d'accord!»
conclut la maman de Lola.
Elle achète les billets
et conduit les filles vers
la porte. «Je vais venir vous
chercher ici, à la fin du film.»

«Juliette et Agathe, occupez-vous de Lola et de Lili, d'accord?»

Lili sourit. Elle est tellement **contente** d'aller au cinéma avec Lola et ses deux grandes sœurs!

Chapitre
deux

Lili entre dans la salle
de cinéma avec Lola et
ses sœurs. Elles choisissent
leurs sièges.

«Est-ce que je peux
m'asseoir à côté de toi?»
demande Agathe à Lili.

«Bien sûr!» répond Lili,
les joues brûlantes de fierté.
La grande sœur de Lola veut
s'asseoir à côté d'*elle*!

Agathe se rapproche
et partage le maïs soufflé de
Lili. Elle tente de s'imaginer
comment ce serait si Agathe
était *sa* grande sœur.
C'est un sentiment agréable.

Bientôt, le film commence.
Tout le monde met
ses lunettes 3D.

« Regarde ! crie Lola.
Le film est en train de sortir
de l'écran ! »

Juliette se penche
vers l'avant. «Chut! dit-elle
tout bas. Pas si fort!»
Mais Lili et Lola sont très
excitées. Elles s'agitent
et rigolent tellement
que Lili en échappe presque
son maïs soufflé sur le sol.

«Attention!» lance Agathe.
Elle attrape le contenant
juste à temps.

Le film raconte l'histoire
de deux enfants qui partent
habiter chez leur tante,
pendant les vacances.
Ils emmènent Fido,
leur chien, avec eux.

Fido est vraiment drôle.

Il fait rire tout le monde

dans la salle de cinéma.

Mais bientôt, les enfants

découvrent que la maison

de leur tante est hantée.

Ils s'avancent dans

une petite pièce sombre

et très **inquiétante**.

Ils ouvrent une armoire.

Tout à coup, un fantôme

sort de l'armoire et s'envole.

Il semble sortir de l'écran.
Lili lance un cri **perçant** et
se cache les yeux. Son cœur
bat très vite. Elle jette
un coup d'œil à Lola.

Lola se couvre les yeux,
elle aussi. Finalement,

le fantôme s'éloigne.
Les enfants fouillent
la maison, accompagnés
de leur chien, qui se roule
par terre et tente d'attraper
sa queue. Il est rigolo. Tout
le monde s'esclaffe dans
la salle. Lili et Lola sont
celles qui rient le plus fort.

«Chut! répètent Agathe
et Juliette, en chœur.
Vous faites trop de bruit!»

Mais Lili et Lola
sont prises d'un fou rire.
Si Lola regarde Lili,
elle pouffe de rire.

Si Lili regarde Lola,
c'est la même chose.
«Je vais le dire à maman»,
menace Agathe.

Lola lève les yeux
au ciel et se tourne vers Lili.
«Les grandes sœurs,
chuchote-t-elle.

Elles sont *tellement*
casse-pieds! Tu es chanceuse
de ne pas en avoir.»
Lili trouve plutôt que Juliette
et Agathe sont merveilleuses.

À la fin du film, la maman de
Lola les attend à la porte.

« Comment était le film,
demande-t-elle.
Pas trop effrayant ? »

« Il ne l'était même pas
un peu », se vante Lili.
Elle regarde Lola et les filles
éclatent encore de rire.

La maman de Lola sourit.

«Je suis contente que
vous ayez eu du plaisir.
Nous allons te ramener
chez toi, Lili. Tu pourrais
peut-être revenir une autre
fois?»

«Youpi!» lance Lola.

Lili sourit. Elle frémit
de **joie** et peut à peine
se contenir.

Chapitre trois

Ce soir-là, la maman de Lili
la borde dans son lit.

«As-tu passé une belle journée
avec Lola ?»
s'informe-t-elle.

« Cela ne pouvait pas être
mieux ! » répond Lili.

« Nous sommes allées voir
un film avec ses deux grandes
sœurs. »

«Ah bon, dit la maman
de Lili. Lequel?»

«Le film à propos de la maison
hantée», explique Lili.

«Ce n'est pas un peu terrifiant?
lui demande sa mère, surprise.
Je pensais que tu n'aimais pas
les films d'horreur.»

«*Maman*! lance Lili.
Je ne suis pas un *bébé*.»

La maman de Lili sourit.
«Bonne nuit, alors,
ma grande fille.»

Lili se blottit dans son lit
et s'endort. Bientôt, elle
se met à rêver. Elle se trouve
dans une vieille maison.
C'est sombre et **sinistre**.
Les portes grincent
et les toiles d'araignées
s'accrochent dans
ses cheveux.

Lili entend quelqu'un
pleurer dans la pièce voisine.
C'est Noah! Lili ne sait pas
quoi faire. Elle voudrait
s'enfuir. Et si Noah était en
danger? Lili ouvre lentement
la porte.

Soudain,
un fantôme
s'envole!
Puis un autre,
et encore
un autre!

Lili lance un grand **cri**.
Elle s'assoit dans son lit.
«Maman! réclame-t-elle.
Maman!»

La maman de Lili arrive à
la hâte. Elle tient Noah dans
ses bras. «Que se passe-t-il?»
demande-t-elle.

Le cœur de Lili bat très fort.
«J'ai fait un mauvais rêve,
dit-elle. Il y avait des

fantômes et Noah pleurait.»
«Je pensais que les fantômes
l'avaient enlevé.»

«Oh Lili, dit sa mère, en lui
faisant un câlin. Je pense que
c'est ce film qui te fait faire
des cauchemars. Regarde,
Noah est juste ici. Et il va
très bien. N'est-ce pas, Noah?»

Noah rit et tend ses petits
bras dodus. Lili le prend en

le cajolant. Elle est tellement heureuse de savoir qu'il va bien. Elle embrasse ses deux belles joues bien rondes.

«Je t'aime plus que tout», murmure Lili, à son oreille. Noah peut parfois être irritant, mais elle ne l'échangerait contre aucune grande sœur au monde. Lili regarde sa maman. «Est-ce que je pourrais dormir dans ton lit cette nuit?»

«Oui, mais seulement cette nuit, répond sa maman. Et plus de films d'horreur, d'accord?»

Chapitre quatre

Le lendemain, à l'école, Lili
voit Lola, au terrain
de jeu. Elle est assise
avec Léa et Camille.
Lorsque Lola l'aperçoit,
elle lui fait un signe
de la main.

«Hé, Lili! lui crie-t-elle.
N'est-ce pas que le film était
amusant, hier?»

«C'était génial, répond Lili,
nerveusement.
Les fantômes avaient l'air
de sortir de l'écran!»

Lili ne parle pas de
son cauchemar. Ses camarades
pourraient penser qu'elle est
trop bébé.

« Quel film avez-vous vu ? »
demande Camille.

« Le film sur la maison
hantée », dit Lola.

«Oh, il n'est pas question
que j'aille voir ce film,
souligne Léa. Je déteste
les films d'horreur.»

«Moi aussi, ajoute Camille.
Ils me font faire
des cauchemars.»

Lili est **surprise** «Moi aussi,
laisse-t-elle échapper. Je veux
dire que, quand j'étais petite,
il m'arrivait souvent de

faire des cauchemars»,
précise-t-elle rapidement.
Elle ne veut surtout pas que
Lola sache que le film
lui a fait peur.

«J'ai fait des cauchemars,
la nuit dernière, avoue
calmement Lola. Il a fallu
que j'aille dormir dans le lit
de ma mère et de mon père!»

«Vraiment?» **s'étonne** Lili.

Elle n'arrive pas y croire.
«Mais je pensais que tu avais
l'habitude de regarder
des films d'horreur?»

«C'est vrai! insiste Lola.
Mais c'est seulement
parce que Juliette et Agathe

veulent en voir. Moi,
je préfère les comédies.»

«Moi aussi, dit Léa.
Mon film préféré est *Trouver Nemo*.»

«J'adore ce film, moi aussi!»
dit Camille. «Mes sœurs
détestent les dessins animés,
soupire Lola. Elles pensent
que les dessins animés
sont réservés aux bébés.

Je suis toujours obligée
de regarder ce qu'elles
choisissent.»

«Tu peux venir chez moi
regarder *Trouver Nemo*, si
tu veux, propose timidement
Lili. Je l'ai sur DVD.»

«Super! s'exclame Lola.
Ce serait génial!»

«Est-ce qu'on peut venir,
nous aussi, demandent
Camille et Léa. On pourrait
organiser une soirée spéciale
Nemo!»

«Bien sûr, répond Lili.
Je vais en parler à ma mère.
Mais il faudra attendre
que Noah soit au lit.
Le requin lui fait faire
des cauchemars!»

Les devinettes de Lili

Quels souvenirs gardes-tu du GRAND LIVRE DE LILI ? (Indice : observe bien le symbole illustré à côté de chaque question. Il t'indiquera dans quelle histoire se trouve la réponse !)

1. À quelle heure les amis de Lili arrivent-ils à sa fête d'anniversaire ?

2. Quel film en dessins animés Lili et ses amies vont-elles regarder ensemble ?

3. Que fabrique Thomas dans le cadre du projet scolaire de la ville miniature ?

4. Comment Lili voyage-t-elle pour aller chez sa grand-mère ?

5. De quelle espèce animale est le petit compagnon à quatre pattes de Lili ?

6. De quel pays vient Mika ?

Les **mots mystères** de Lili

C	R	O	C	O	D	I	L	E	I	N
H	I	A	T	F	S	J	V	J	S	A
U	F	B	U	E	A	R	G	E	N	T
P	T	K	L	T	N	U	R	T	R	A
E	J	G	A	E	I	L	R	S	F	T
R	A	M	I	S	M	V	U	N	A	I
Q	V	L	N	L	A	S	O	E	S	O
B	I	C	Y	C	L	E	T	T	E	N
A	O	O	F	Y	I	N	T	U	F	O
Z	N	N	V	N	T	F	L	M	H	X
V	C	B	S	O	E	U	R	S	A	U

Mots à trouver :

Amis   Crocodile

Animal   Fête

Argent   Natation

Avion   Soeurs

Bicyclette   Tour

Les **mots croisés** de Lili

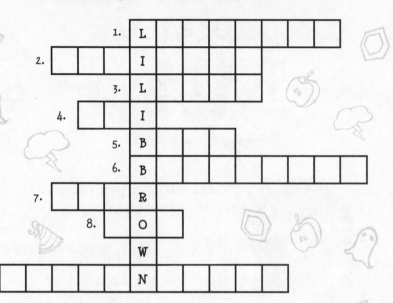

1. L
2. I
3. L
4. I
5. B
6. B
7. R
8. O
   W
9. N

1. Lili et Thomas vendent de la ...
   aux passants.
2. L'une des soeurs de Lola s'appelle ...
3. Lili aimerait avoir un bébé ... jouet.
4. Thomas est le meilleur ... de Lili.
5. Noah ... beaucoup quand il perce une dent.
6. Dans **Le grand projet,** c'est ce qui signifie
   le « B » de Lili B Brown.
7. Noah détruit la ... que Lili avait fabriquée
   pour son projet scolaire.
8. Lili ne pourra pas aller au ... car elle
   a la varicelle.
9. Julie est un adorable petit ...

La poupée de papier de Lili

1. Découpe avec soin le long des pointillés pour retirer les pages du livre.

2. Colorie les vêtements avec tes crayons préférés.

3. Découpe soigneusement les vêtements. Tu auras peut-être besoin de l'aide d'un plus grand.

4. Place de tout petits morceaux de gommette au dos de chaque vêtement.

5. Fixe les vêtements sur la poupée que tu auras découpée à l'intérieur de la couverture arrière du livre.

* Petit conseil : la gommette se détachera facilement de la poupée, mais prends bien soin de ne pas coller ensemble plusieurs vêtements car ils risquent de se déchirer !

Coupe le long des pointillés avant de colorier et de découper les vêtements de Lili.